‖ 인문교양총서 47

막심 고리키의 인간주의

●

이강은

저자 이강은 _ 경북대학교 노어노문학과 교수

고려대학교 노어노문학과를 졸업하고 동 대학원에서 문학박사 학위를 받았다. 저서로 『혁명의 문학 문학의 혁명–막심 고리키』, 『변혁기 러시아문학의 윤리와 미학』, 『반성과 지향의 러시아 소설론』, 『러시아 소설의 형식적 불안정과 화자』, 『바흐친과 폴리포니야』 등이 있고 역서로 막심 고리키 소설집 『은둔자』, 『대답없는 사랑』, 『세상 속으로』, 톨스토이의 『이반 일리치의 죽음』, 『인생에 대하여』와 톨스토이의 전기 『레프 톨스토이 1, 2』 등이 있다.

경북대 인문교양총서 47

막심 고리키의 인간주의

초판 인쇄 2021년 6월 2일
초판 발행 2021년 6월 14일

지은이 이강은
기 획 경북대학교 인문대학
펴낸이 이대현
편 집 이태곤 권분옥 문선희 임애정 강윤경
디자인 안혜진 최선주 이경진
마케팅 박태훈 안현진

펴낸곳 도서출판 역락
주 소 서울시 서초구 동광로 46길 6-6 문창빌딩 2층
전 화 02-3409-2060(편집), 2058(마케팅)
팩 스 02-3409-2059
등 록 1999년 4월 19일 제303-2002-000014호
전자우편 youkrack@hanmail.net
역락 홈페이지 www.youkrackbooks.com

ISBN 979-11-6742-000-8 04890
978-89-5556-896-7(세트)

* 책값은 뒤표지에 있습니다.
* 파본은 구입처에서 교환해 드립니다.

인문교양총서 047

막심 고리키의 인간주의

이강은 지음

역락

머리말

쫠코, 그 어떤 신화도 없이

고리키는 '쫠코(жалко)'라는 말을 자주 했다. 영어의 '아임 소리' 정도에 해당하는 이 러시아 단어는 동정과 연민, 안타까움, 안쓰러움을 가득 담은 매우 인간적인 의미를 지닌 말이다. 어느 곳에서나 즉각 소용돌이 중심에 들어서듯 적극적이고 활동적이었던, 그리고 사람들과 시시덕거리는 농담을 즐겼던 고리키는 공감과 연민에 가득차, '쫠코', 하며 갑자기 어둡고 슬픈 표정에 싸이곤 했을 것이다.

러시아의 중부도시, 볼가강 유역의 니즈니노브고로드에는 고리키가 어린 시절을 보낸 외할아버지의 집이 고리키 문학관으로 꾸며져 있다. 그 작은 앞마당에는 어린 알료샤의 동상이 새하얀 모습으로 서 있다. 작가의 어렸을 때 애칭인 알료샤는 도스토옙스키의 『카라마조프가의 형제들』에 등장하는 순정한 알료샤처럼 맑고 동경에 찬 모습이다. 하지만 어린 알료샤는 이 집안의 페치카 옆 작은 침상에 누워 삼촌들이 서로 싸우고 술 마시고 노래하는 모습을 지켜보며, 외할아버지의 엄격한 훈육과 매질을 겪어가며, 외할머니의 다정한 위로와 옛날이야기에 귀를 기울이며 희망과 동경보다 동정과 연민의 감정에 더 많이 휩싸여야 했다. 일찍이 부모를 여의고 외할아버지의 손에서 자라다가 정규 교육이라곤 초등학교 문턱밖에 넘어보지 못하고 러시아 전역을 떠돌며 온갖 하층 직업을 전전해야 했던 어린 알료샤는 자신과 세상에 대한 깊은 연민을 몸과 마음에 아로새겼을 것이다.

그러나 작가로 탄생하면서 고리키는 '모든 것은 인간 속에, 모든 것은 인간을 위하여. 인간, 그 이름은 당당하게 울려 퍼진다'는 당당한 인간론을 주창하고 나섰다. 주어진 삶과 현실에 저항하고 그 개조를 향해 나아가는 적극적이고 용감한 인물들이 고리키 초기 문학의 주인공이었던 것이다. 등단하자마자 일약 러시아문학의 대표적인 작가로 떠오른 고리키는 이후 러시아 혁명을 거쳐 소련 문학의 기초자로 누구와도 비견될 수 없는 권위와 명성을 얻는다. 어린 알료샤는 니즈니노브고로드의 시내 중앙에 세워진, '힘찬 의지를 담은 거대한 내적 격정'을 표현하고 있다는 7미터 높이의 동상으로, '프롤레타리아 문학의 창시자', '위대한 소비에트 문학의 아버지'로 성장한 것이다. 그 과정은 '당당한 인간의 행진'이었고, 아무것도 가지지 못한 빈털터리 밑바닥 떠돌이에서 세계 최고 작가의 반열에 오르는 희망과 동경의 순례였다고 말해도 과언이 아니다.

거대한 동상의 고리키는 당당하고 확신에 찬 모습으로 행복한 표정을 짓고 있는 것만 같다. 사실 소비에트 시절에 세워진 수많은 동상과 전기들은 앞다투어 작가의 그런 모습을 그려내고 있다. 그러나 고리키는 정작 그런 모습을 보며 어떤 느낌이었을까. '쫠코', 깊은 한숨을 내쉬지 않았을까. 아마 그렇다면, 우리는 이제까지 고리키가 느끼고 생각하며 담아내고자 했던 인간과 인간 사회의 풍경들에 대해 다소 오해하거나 불충분하게 알고 있었던 것은 아닐까. 21세기 들어 새롭게 발간되는 전기들이, 종종 '진정한 고리키'라는 표현을 내세우는 것은 바로 이런 오해를 넘어서려는 노력들이다.

초기 단편에서 마지막 대작에 이르기까지 고리키의 인간주의는 많은 변화와 심화를 보여준다. 이 책은 고리키의 인간주의에 대한 철학적 논증이라기보다 작가의 생애와 작품에 대한 새로운 관점을 제시하는 안내서가 되기를 바라면서, 작가의 새로운 전기적 자료들을 수렴하고 무엇보다 작품에 대한 새로운 해석의 가능성을 타진하고 있다. 독자들은 이 책에서 특히 구체적인 작품에 대한 새로운 접근을 통해 고리키의 인간주의의 다양한 면모를 느껴볼 수 있을 것이다.

독자들이 이 책과 고리키 작품을 다시 읽으며, 인간에 대한 깊은 연민과 더불어 당당한 인간에 대한 동경을 품은 고리키, 그리고 동시에 냉엄하고 '그 어떤 신화도 없이', 어쩌면 인간에 대한 증오와 혐오까지 품어 안은 채, '쫠코' 하고 안타까운 연민의 마음을 토로하는 작가 고리키를 진심으로 다시 만날 수 있기를 기대한다. 아울러 21세기의 새로운 인간주의는 무엇이어야 하는지에 대해 함께 생각해보는 계기가 되었으면 더 바랄 것이 없겠다.

저자 이강은

차례

머리말_5

21세기, 다시 읽는 고리키_9

아름답고 순결한 삶을 찾아서_10
그 어떤 신화도 없이_15

세상 속으로, 당당한 인간으로_25

'보샤키'와 '당당한 인간'_25
위로와 진실, 페쉬코프와 고리키_57

이데올로기와 문화_79

혁명적 인간과 집단적 인간주의_79
혁명문학과 건신주의_84
민족문화와 계몽_109

혁명과 새로운 인간주의_133

『시의에 맞지 않는 생각들』_133
『1922-1924년 단편집』과 인간에 대한 새로운 사유_141
『클림 삼긴의 생애』와 이념적 인간의 운명_171

21세기 인간주의를 위하여_187

주요 참고문헌_195

21세기, 다시 읽는 고리키

나는 나 자신을 포함하여 이 모든 것을 힘차게 박차버리고 싶었다. 그러면 나 자신과 이 모든 것은 즐거운 물레방아처럼 힘차게 돌아갈 것 같았다. 서로가 서로를 사랑하는 축제 같은 춤판처럼…… 다른 사람의 삶을 위해 마련된 그러한 삶이라면 얼마나 아름답고 대담하며 순결할 것인가……

'나는 무언가를 해야만 해. 아니면 파멸하고 말 거야……'

아무도 태양을 보지도 느끼지도 생각하지도 않는 음습한 가을날이면 나는 숲속을 방황하곤 하였다. 그러다가 완전히 길을 잃고 찾다, 찾다 지치면 나는 이를 악물고 썩은 낙엽을 밟으며 미끌미끌한 진흙 구덩이를 지나 덤불을 헤치고 곧장 앞으로 나아갔다. 그러면 결국 큰길로 나설 수 있었던 것이다. (『세상속으로』[1] 중에서)

---

1 막심 고리키, 세상 속으로, 이강은 역, 이론과 실천, 1987, 458쪽.

아름답고 순결한 삶을 찾아서

전기 작가이자 노벨상 수상자인 로맹 롤랑은 고리키를 가리켜 '구세계와 신세계'를 이어주는 다리와 같다고 했다. 무너져가는 전제주의의 시대에 태어나 격렬한 혼란과 사회주의 혁명을 체험하고 새롭게 탄생한 소련에서 생을 마감한 고리키의 생애를 돌아보면, 로맹 롤랑의 말은 이해되고 남음이 있다. 더구나 어린 시절에 고아가 되어 초등학교 문턱을 넘어본 것 외에는 정규 교육이라고는 전혀 받아보지 못하고, 온갖 하층 직업을 전전하며 러시아 전역을 맨발로 떠돌다가 불현듯 쟁쟁한 러시아 문단의 기린아로 등장하여 혁명기 러시아 문단의 제 일선을 지켰고, 말년에는 노벨상 후보로 수차례 지명되기도 하고 소련작가동맹의 초대 의장으로 선출되는 등 20세기 문학사에 뚜렷하게 아로새겨진 고리키 문학의 역정을 알게 되면 로맹 롤랑의 말은 더더욱 의미심장하게 들려온다.

고리키의 본명은 알렉세이 막시모비치 페시코프(Алексей Максимович Пешков, 1868-1936)다.

그는 러시아 중부 지역 니즈니노브고로드에서 태어났다. '고리키'는 러시아어로 '고통스러운, 쓰라린'이라는 의미다. 막심 고리키(Максим Горький), 그러니까 '최대로 고통스러운 사람'이라는 뜻으로 들리는 이 필명보다 더 강렬하게 그의 삶과 문학을 표현하는 말이 또 어디 있을까? 세 살 때 아버지가, 그리고 열한 살 때 어머니가 돌아가시고 외할아버지에게 맡겨진 어린 알료샤(본명 알렉세이의 애칭)는 초등학교 2학년을 채 마치지 못하고 세상에 나가 온갖 하층 직업을 전전하며 부랑자처럼 러시아를 떠돌아야 했다. 그런 그가 맞닥뜨렸던 쓰라리고 잔혹한 러시아 현실, 출구가 없어 보이는 삶에 대한 비극적인 인식, 그것이 바로 '막심 고리키'라는 필명에 함축되어 있다.

1892년 단편 「마카르 추드라」로 등단한 고리키는 채 10년도 되지 않아 두 권의 작품집을 출판하면서 러시아뿐만 아니라 독일과 프랑스 등 전 유럽의 주목을 받기 시작했다. 깡마르고 허름한 차림새에 투박한 농민용 외투 하나를 걸치고 수도 페테르부르크에 나타난 막심 고리키는 당대 문학인들에게 말 그대로 '민중 속으로부터' 걸어 나온 인물이 아닐 수 없었다. 거칠고 힘에 넘치는 그의 작품들은 세기말의 우울을 겪고 있던 러시아와 유럽 사회에 새로운 힘과 동경을 불러일으켰다. 민중 속에서 뒹굴며 살아온 그의 삶은 '고리키'라는 필명과 함께 세계 문학 속에 불멸의 신화가 된 것이다. 이처럼 무학의 떠돌이에서 세계적 작가로 성장한 그의 문학적 이력은 세계문학사에서 다시 보기 힘든 대단한 입지전적 출세가 아닐 수 없다. 그런 점에서 '고리키'라는 필명은 고통스럽고 쓰라린 삶이 아니라 어쩌면 달콤한 성공이라는 역설적 의미로 들릴 법도 하다.

그러나 고리키는 문학적 출세에 도취하지 않는다. 세계적 작가로 명성을 얻은 이후에도 그는 평온하거나 달콤한 삶을 결코 누리지 못한다. 그에게 문학은 여전히 고통스러운 삶과 현실 속에서의 몸부림이었을 뿐 그 성공과 영예는 그다지 큰 의미를 지니지 못하는 것이었다. 고리키는 억압적인 전제 정권에 대한 저항과 혁명 운동에 대한 지원을 멈추지 않았는데, 그것은 당연하게도 수차례의 투옥과 국외 추방으로 이어졌고 그의 작품들은 검열과 출판 금지의 대상이 되기 일쑤였다. 삶과 현실의 혁명적 변화를 꿈꾸는 고리키가 전제 정권과의 직접적인 충돌로 나아가는 것은 불가피했다.

1905년 평화적인 권리 청원 시위를 폭력으로 짓밟은 '피의 일요일 사건'에 대한 분노와 항의를 담아 고리키는 '전 세계 지식인들에게 보내는 호소문'을 작성하여 발표하는데 이로 인해 체포, 투옥되고 만다. 전 세계 지식인들의 항의와 석방 운동에 힘입어 몇 달 만에 풀려나긴 했지만, 고리키는 이후 8년여에 걸쳐 해외로 망명을 해야만 했다.[2] 하지만 고리키의 이런 수난은 그가 갈망해 마지않았던 러시아 혁명의 성공으로 끝나지 않는다. 혁명에 수반되는 잔혹한 폭력과 권력 남용, 대중의 무지한 힘의 분출과 문화 파괴가 고리키의 내면에 고

---

[2] 이 기간에 러시아 혁명운동 진영과 긴밀한 관련을 맺으며 고리키는 물심양면으로 지속적인 후원을 아끼지 않는다. 특히 볼셰비키의 수장이었던 레닌과 민중 출신 작가 고리키, 이 두 사람은 사상적으로나 정치적으로 갈등과 논쟁을 벌이기도 했지만, 평생 서로를 인정한 '험난한 우정'으로 유명하다. 그들은 혁명 이후 극적인 대립 속에서도 마지막 순간까지 서로에 대한 인간적 신뢰를 잃지 않았다.

통스럽고 불안한 신호를 보내온 것이다. 볼셰비키의 폭력과 대중의 몽매함을 격렬하게 비난하던 고리키는 결국 볼셰비키 정권과의 불화를 견디지 못하고 다시 한번 국외로 나가 10여 년에 걸친 '망명 아닌 망명' 생활을 보내야 했다(공식적으로는 신병치료차였다). 그리고 1932년에 소련으로 귀국하여 외적으로는 스탈린 정권과 일정 부분 타협을 이룬 것 같았지만 1936년, 의혹이 없지만은 않은 죽음을 맞이할 때까지 그 이면에는 스탈린과의 갈등과 비밀스러운 정치적 행보 등 여전히 고뇌하고 '고통스러워하는' 고리키가 숨어 있었다.

고리키라는 작가의 운명적 고난은 또 여기서 멈추지 않는다.

고리키 사후 소련 정권은 문화 예술 분야에서 고리키를 레닌에 버금갈 정도로 추앙하고 신격화한다. 그는 레닌을 비롯한 혁명의 수장들과 나란히 크레믈린 묘지에 안장되고 그가 태어난 도시는 고리키 시로 개명되었다. 모스크바의 중앙로, 수많은 극장과 대학, 공장 등에 고리키라는 이름이 새겨지고 전국 곳곳에 그의 동상이 세워졌으며 그의 문학 작품은 초등학교에서부터 대학에 이르기까지 감히 넘볼 수 없는 고전의 반열에 놓였다. 수많은 학자의 과도한 평가와 입에 발린 수사가 뒤를 이은 것은 당연했다.

소련 시절 고리키에 대한 신화화를 잘 보여주는 일화가 있다. 고리키가 젊은 시절에 떠돌아다닌 한 도시에서 그를 기념하여 동상을 세울 것을 결정했는데, 조각가는 당연히 부랑자 시절의 허름한 옷차림과 헝클어진 긴 머리의 고리키를 형상화했다. 그러나 동상이 세워지자 지역 정치위원회에서 '위대한 소련 문학의 창시자, 전 세계 프롤레타리아 문학의 아버지'인 '위대한 고리키'가 어떻게 저렇게 허름하고 불량한 차림일 수 있느냐고 문제를 제기했고, 급기야 고리키의 머리를 단정하게 자르라는 결정이 내려졌다. 웃어넘길 수만은 없는 이 우스운 일화는 소련에서의 고리키의 운명을 단적으로 말해 준다. 단정하게 이발한 고리키, 그는 자신의 진정한 내면의 모습과 진정한 문학 세계와 멀리 떨어진 곳에서 머쓱한 모습으로 '고통스럽게' 서 있을 수밖에 없었던 것이다.

1990년, 소련의 몰락은 고리키의 운명에 이제까지와는 정반대의 시련을 몰고 온다. 소련 시절에 대한 무조건적 폭로와 부정의 회오리를 고리키 역시 피해갈 수 없었다. 곳곳에서 고리키 동상이 끌어 내려지고 고리키로 명명되었던 도시가 다시 개명되는 등 고리키에 대한 명예 찬탈이 격렬하게 진행된다. '고리키가 어떻게 스탈린에 매수되었는지', 또 '스탈린의 주구로서 얼마나 못된 짓을 많이 저질렀는지', '실제로는 별 예술성이 없는 그의 문학이 얼마나 이데올로기적으로 부풀려졌는지'를 폭로하는 기사들이 수많은 문학지의 지면을 채웠다.

그러나 이러한 폭로와 비난의 격정은 오래가지 못했다. 10년이 채 되지 않아 러시아 문학계는 다시 차분히 고리키에 주목하기 시작한다. 과연 진정한 고리키는 누구였는가, 그의 문학은 어디에 있는가. 이념적 회오리에 사로잡히지 않은 보다 냉정한 재평가 속에 고리키는 새롭게 다시 태어나기 시작했다. 새로운 전기가 여러 권 발간되었고 작품세계를 새롭게 조명하는 의미 있는 연구들이 발표되기 시작했다. 감추어졌던 각종 문서가 공개되면서 고리키의 문학 활동과 정치 활동의 진면목이 보다 정확하게 드러나기 시작했다. 그 결과 오늘날 이 위대한 고통의 작가, 거대한 거인과도 같은 작가 고리키를 러시아 문학의 위대한 전통의 하나로 자리매김하는데 주저하는 독자나 문학자를 찾아보기란 쉽지 않을 것이다.

그 어떤 신화도 없이

고리키 문학은 무엇보다 인간에 대한 새로운 관점을 담고 있다. 초기 단편에서 주로 그려진 떠돌이 부랑자들, 그리고 중기의 혁명적 노동자상, 그리고 후기 작품에 그려진 다면적인 내면을 지닌 다채로운 인물들은 당대적 인간상을 그리고 있을 뿐만 아니라 보편적인 인간의 본질과 그 삶과 운명에 대한 다양한 통찰과 깊은 연민을 보여준다.

우선 고리키가 주목한 인간은 적극적 의지로 세상을 바꾸어가는 혁명적 인간이었다. 러시아의 여러 지방을 방랑하면서 직접 체험한 사건과 인물을 그린 초기 단편들은 혁명적 인간형에 대한 추상적이고 상징적인 예감으로 충만해 있다. 당시 러시아는 산업화의 문턱에서 농촌의 와해와 도시화가 가속되던 시기였다. 이 과정에서 '보샤키'(맨발의 사람들)로 불리는, 미처 노동자로 정착하지 못한 부랑자 계층이 바로 고리키가 주목한 초기 인간형이었다. 이들은 일종의 룸펜 프롤레타리아트 계층으로 전통적인 농민과 새로운 산업사회 노동자 사이의 중간적 정서와 생활양식을 보여준다. 물론 고리키는 보샤키의 사회적 현실을 단순히 고발하는 것에 머물지 않고 그러한 현실을 넘어서고자 하는 꿈과 의지를 담아내고자 한다.

초기의 대표적인 단편 「이제르길 노파」(1895)에 나오는 전설 속 주인공 단코는 새로운 땅을 찾아가는 종족의 젊은 지도자다. 단코는 이민족에 의해 삶의 터전을 잃은 동족을 이끌고 불요불굴의 정신으로 새로운 땅을 찾아 나선다. 그는 절망과 회의에 빠진 동족 앞에 자신의 불타는 심장을 꺼내 확신과 희망을 보여주며 마침내 동족을 새로운 터전으로 인도한다. 이 단코라는 인물이 전제 정권에 맞서 사회주의 혁명을 수행해가는 영웅적인 혁명가의 알레고리로 받아들여진 것은 당연하다. 단코의 신화적 형상은 이후 장편 『어머니』(1907)의 주인공 파벨을 통해 노동자 혁명가 형상으로 사회화된다. 어쩌면 바로 이 두 작품이 고리키라는 작가를 프롤레타리아 문학의 아버지, 사회주의 리얼리즘의 창시자라는 '영예로운 이름'으로 고양 시켰다고 말해도 과언이 아닐 것이다.

그러나 『어머니』는 고리키의 이름을 프롤레타리아 문학과 연결하여 혁명문학가로서의 세계적 명성을 가져다주었지만, 다른 한편 고리키의 진정한 작가적 면모를 이해하는 것을 방해하기도 했다. 사실 『어머니』는 고리키를 대표하는 예술적 작품은 아니며 작가의 전체 문학 세계에서 차지하는 비중도 그리 크지 못하다. 고리키 문학에서 『어머니』와 유사한 성격의 작품은 후기 몇몇 희곡을 제외하면 그리 많지 않다. 그러함에도 불구하고 이 작품은 초기 보샤키와 단코 형상과 연결되면서 고리키 문학을 혁명의 문학으로 해석하는 이론적 근거가 되기에 충분했다. 특히 소련 문학계에서 고리키에 대한 정전적 해석이 그러했으리라는 점은 충분히 이해되고 남음이 있다.

하지만 막심 고리키 문학의 인간은 하나의 단일한 색채를 띠고 있지 않다. 아니 오히려 진정으로 작가가 공감을 보내고 있는 인물들은 단코와 파벨이 아니라 삶의 다양한 측면과 모순적 측면을 담지한 주인공일 수 있다. 단코와 파벨을 중심으로 한 영웅적이고 혁명적인 인간형과 더불어 고리키는 더 많은, 복잡하고 '알록달록한' 주인공들을 통해 보편적인 인간의 본질과 삶에 대한 연민과 통찰을 보여준다.

이를테면 자전적 삼부작(『어린시절』, 『세상 속으로』, 『나의 대학』)에는 혁명가로서의 고리키와는 전혀 다른 작가의 시선이 잘 감지된다. 특히 작가의 따뜻한 공감이 깃든 외할머니 형상은 종교적 용서와 사랑과 인내, 그리고 민중적 전통에의 충실함,

생명 자체에 대한 외경심을 아름답게 보여주고 있다. 현대의 연구자들은 고리키 문학에 존재하는 이러한 '다른' 모습에 주목하여 고리키 인간주의를 새로운 시각으로 고찰해나간다. 그들은 작가가 진정으로 주목하고 있고 공감하는 주인공은 단코나 파벨과 같은 이념적 주인공이 아니라 복합적이고 모순적인 성격의 주인공, 삶과 현실을 직시하면서도 그 불가피성을 받아들이고, 그 속에서도 삶과 사람에 대한 깊은 연민을 가진 주인공이라고 말한다.

1917년 혁명 직후, 고리키는 볼셰비즘과 소비에트 정부 정책에 대해 격렬한 비판을 하는 등 오랜 동지적 관계에 있던 레닌과 갈등을 빚는다. 고리키는 혁명정권에 대해 강도 높게 비판하면서도 문화와 대중교육 사업에는 헌신적으로 참여한다. 이 무렵에 창작된 『1922-1924년 단편집』은 혁명을 경유하면서 복잡하고 모순적인 삶을 체험한 작가가 삶과 현실, 혁명에 대해 더욱 깊은 성찰로 나아가고 있음을 잘 보여준다. 무엇보다 이 단편들은 작가의 이념적 시점과 거리를 둔 주인공들의 생애와 내면을 그리는 데 집중한다. 이전까지 고리키 문학이 직접 체험에 근거한 사실성과 작가의 관점을 대변하는 주인공을 그리고 있었다면, 이 작품집은 다양한 소재와 주인공, 주인공들의 이념적 다양함과 존재적 다양함을 그대로 작품에 담아내는 것이다.

특히 이 작품집에서 고리키는 혁명 과정에서의 인간의 삶과 운명에 대한 새로운 시각을 담아내고 있다. 삶에 대한 무한한 긍정적 태도는 이전 작품들에서도 나타나고 있는 바이지만, 그 미학적 성취라는 점에서는 「은둔자」의 사벨 형상에서 하나의 완결판으로 그려진다. 「카라모라」, 「특별한 것」, 「영웅」 등은 혁명과 반혁명 활동 사이를 넘나드는 주인공의 내면세계를 독백 형식으로 그리면서 혁명과 인간의 운명 사이의 모순적이고도 극적인 측면들을 보여준다. 혁명이 성공한 뒤 성공적이며 열정적인 혁명 운동가를 그리지 않고 혁명과정에 대한 회의와 갈등, 반혁명으로의 일탈 등을 그린다는 사실 자체가 현실과 인간에 대한 고리키의 시선이 남다른 곳을 향해 있다는 것을 말해주고 있다.

「카라모라」의 주인공 '나'는 혁명 운동의 중심적 인물이자 헌신적인 인물이었다. 그러다가 정보기관에 매수된 위장 활동가를 은밀히 살해한다. 그러나 이 일로 체포되자 그는 그 자신이 도리어 기관의 협조자가 되어 혁명가들을 밀고하는 일을 하다가 혁명 이후 반혁명분자로 체포되어 사형을 언도받는다. 그는 자신이 혁명 활동에 뛰어든 것은 자신에게 진정한 사회주의자로서의 이념의 확신이 있었기 때문이 아니라, 단지 권력을 사랑하고 남을 지휘하는 것에 커다란 매혹을 느꼈기 때문임을 고백한다. 「카라모라」의 주인공에게는 영원히 해결될 수 없는 문제, 즉 존재와 의식의 불일치에 대한 고뇌와 갈등, 또한 자신의 존재와 의식을 부정하려는 끝없는 추구와 실험이 운명처럼 지워져 있다. 이러한 추구와 실험이 자유롭고도 진정하게 이루어지기 위해서는 살아있는 존재와 의식에 대한 냉정한 응시가 필요하고 어떤 외부적 간섭, 기존의 완결된 이념의 개입은 방해가 될 뿐이다. 고리키에게 있어 사형을 앞둔 사람의 가장 절실한 자기 고백과 자기 분석이 필요한 것은 바로 이 때문이며, 또한 바로 그 이유로 고리키는 작품에 작가의 직접적인 개입이나 주석을 최대한 자제하고 주인공에게 시점을 넘겨주고 있다. 고리키는 작품에서 주인공의 존재와 의식이 있는 그대로의 보편적인 진실을 말해주고 있다는 사실을 아주 간접적으로 암시하는 것이다. 이 단편의 마지막 아포리즘 같은 표현들은 그래서 더욱 깊은 울림으로 들려온다.

> 사람들 눈에는 '수정체'가 있어 그에 따라 시력의 올바름이 정해진다고들 말한다. 인간의 영혼에도 그런 수정체가 있어야만 했다. 하지만 그런 것은 없다. 그런 수정체가 없다는 데에 문제의 핵심이 있는 것이다.(「카라모라」 중에서)[3]

고리키의 이러한 새로운 문학적 변화는 '50년 뒤의 새로운 세대에게 헌정'하는 작품이라는 『클림 삼긴의 생애』에서 총결산된다. 주인공 클림은 19세기 말 인민주의와 마르크스주의가

---

3 막심 고리키, 은둔자, 이강은 역, 문학동네, 2013, 293쪽.(이후 이 책에서의 인용은 본문 속에 (『은둔자』, 쪽수)로 표기.

교차하는 혁명적 사회 분위기 속에서 대학을 마치고 변호사가 되어 그 시대 격렬한 사회적 혼란과 각종의 이념적 대립의 소용돌이 속을 살아간다. 40여 년에 걸친 주인공의 삶의 역정 속에서 볼셰비키 혁명가로부터 극우적인 자본가, 짜리즘의 옹호자, 신비주의적인 종교가, 회의주의자, 무정부주의자, 입헌공화파, 경찰의 첩자 등등 수많은 인물이 교직 된다. 또한 '피의 일요일 사건'과 1905년 일차 러시아 혁명, 1차 세계대전, 2월 러시아 혁명 등 역사적 사건들과 역사적 실제 인물들이 수없이 등장한다. 그러나 이 소설의 주인공은 혁명의 주도자인 볼셰비키가 아니라 볼셰비즘과 거의 모든 이데올로기에 대해 그 반대되는 시각을 항상 제기하는 클림 삼긴이라는 점은 이 소설을 매우 복잡하고 난해하게 만들고 있다. 혁명 전에 『어머니』에서 파벨 같은 철의 혁명가와 그 어머니의 혁명 전사로의 성장을 그렸던 고리키가 마지막으로 창조적 열정을 다 기울인 작품에서 어떻게 이런 인물을 그려내고 있는 것일까.

클림 삼긴은 모든 이데올로기를 그 자체의 논리체계에 따라 객관적으로 전달하면서 그 반대의 세계를 제시하기 위한 '안경' 그 자체였다. 모든 이데올로기는 각각의 대변자들에 의해 서로 대화의 형식을 취하지만 상호 이해를 위한 대화가 아니라는 점에서 철저히 독백적이다. 또 어떤 이데올로기에도 작가는 전면적인 공감을 부여하지 않고 그 반대의 세계 또한 분명히 제시하고 있다. 이런 점에서 『클림 삼긴의 생애』는 이데올로기의 운명 자체를 그리고 있는, 이데올로기가 주인공인 작품이다. 이데올로기가 어떻게 태어나 어떻게 발전해 가는가, 그리고 수많은 이데올로기의 혼란스러운 대화와 투쟁 자체가 어떻게 물질적 힘으로 현실에 작용하는가 등에 대한 고뇌 어린 작가적 의문이 이 작품의 근본 동기인 것이다.

고리키는 모든 이데올로기적 입장과 갈등, 이데올로기의 탄생과 발전, 운명을 추적하면서 어떤 이데올로기의 몰락이나 승리를 노래하기보다 인간의 이데올로기적 삶의 불가피성, 그 구조를 객관적으로 보여주고 있다. 보여줄 뿐만 아니라 독자의 눈앞에 다양한 프리즘을 설정해놓음으로써 현란한 이데올로기의 세계를 독자 자신의 눈으로 바라보라는 적극성을 요구하고 있다. 클림 삼긴이라는 매우 어렵고 곤혹스러운 시점구조는 작가 자신의 시점을 엄격하게 제한할 뿐만 아니라 그 어떤 이데올로기적 시점도 작품의 가치체계를 완전히 점거하지 못하게 한다. 그것은 마치 '피의 일요일 사건'에 참담해 하면서 한 사내가 내지르는 외침과도 같다. "이젠 없어. 어떤 전설도, 그 어떤 전설도!", "없어, 없다고. 그 어떤 꾸며낸 이야기도!" 이 외침은 『클림 삼긴의 생애』에서 '그 어떤 이데올로기적 신화도 더이상 없다'는 울림이 되고도 남는다.

하지만 고리키의 마지막 외침을 이데올로기적 회의주의로 귀착시켜 이해한다면 그것은 또 다른 신화를 만드는 일일 것이다. 어떤 이데올로기에 대해서도 냉정한 객관성을 유지하고 독자 자신의 눈을 활성화하도록 요구하는 것은 단순히 이데올로기 허무주의에 기초하는 것이 아니다. 그것은 '이데올로기 속에서 이데올로기 바깥으로, 그리고 다시 안으로'의 부단한 각성과정을 요구하는 최후의, 그리고 최고의 작가의식이며, 그 작가의식 자체가 인간에 대한 새로운 발견이자 구성이라고 말할 수 있을 것이다.

고리키가 작가로서, 혁명가로서, 사상가로서 감당한 역사적 체험의 크기는 가히 세계사적 진폭을 가진 것이었다. 고리키 문학은 자기 자신을 포함하여 모든 것을 힘차게 박차버리고, 진흙 구덩이와 덤불을 헤치고 다른 사람의 삶을 위한 아름답고 대담하며 순결한 새로운 세계를 꿈꾼 동경과 갈망의 문학이다. 물레방아처럼 힘차게 돌아가는 축제 같은 삶에 대한 뜨거운 긍정과 저항, 그리고 그 세계를 향해 고리키는 생애 마지막까지 거듭 새로운 모색을 멈추지 않았다. 그리고 고리키가 그 정점에서 보고 있는 것은 다시 또 '다른 세계', '또 다른 인간주의'였다.

이제 우리는 고리키의 인간주의가 탄생하여 변화하고 성장해가는 모습을 초기 작품에서 후기 작품에 이르기까지 순차적으로 살펴볼 것이고, 그 복잡하며 다채로운 양상을 통해 오늘날 21세기에 우리가 모색해야 할 새로운 인간주의의 면모를 가늠해볼 것이다.

세상 속으로, 당당한 인간으로

'보샤키'와 '당당한 인간'

"모든 것은 인간 속에, 모든 것은 인간을 위하여."(「인간」)[4]
"인간! 그는 위대한 존재야! 인간, 이 말은 당당하게 울려 퍼진다!……"(『밑바닥에서』, (7, 177))

민중 속에서 걸어 나온 작가

알료샤로 불렸던 어린 고리키는 3살 때 아버지를, 11살에는 어머니마저 잃는다. 일찍부터 외할아버지와 외할머니 손에 맡겨졌던 알료샤는 재혼했던 어머니가 돌아가시고 외할아버지가 몰락하면서 초등학교마저 다니지 못하고 '세상 속으로' 나

---

4 Горький М., Полное собрание сочинений. Художественные произведения в 25 томах (М.: Наука, 1968-1976) Т. 6, р. 42.(막심 고리키 예술문학 전집 25권. 이후 이 전집에서의 인용은 본문 속에 (권수, 쪽수)로 표기)

와야 했다. 넝마주이, 가게 심부름꾼, 접시닦이, 야간 경비 등 스스로 생계를 꾸려가기 위해 무슨 일이든 해야만 했던 것이다. 그런 와중에도 그는 혼자 글을 깨치고 손에 잡히는 대로 책 읽기를 좋아했다. 서로 욕하고 싸우기 좋아하고 이유 없이 때리고 술이나 마셔대는 사람들 속에서 알료샤는 책과 현실을 오가며 그 괴리감에 괴로워하고 또 위로받기도 했다. 이런 성장과정은 자전적 삼부작 『어린시절』(1913), 『세상속으로』(1914), 『나의 대학』(1922)에 빼어나게 묘사되어 있다.

열여섯 살이 되자 알료샤는 고향을 떠나 대학에 입학하겠다는 생각으로 볼가강을 따라 카잔으로 내려간다. 하지만 정규 교육을 받지 못한 그가 대학에서 입학 허가를 받는 것은 불가했다. 그는 대학에서 공부하는 대신 야학이나 독서 소모임에 드나들며 젊은 대학생들과 어울린다. 그리고 인민주의 대학생들과 어울려 농촌으로 투신하여 농촌공동체를 만들고자 했지만 도리어 농민들의 거센 저항에 부딪는 등, 실패를 체험하며 실망하고 만다. 이렇게 한편으로는 인민주의 혁명운동에 가담하기도 했지만 다른 한편, 이 당시 고리키는 매우 낭만적이고 염세적인 경향도 지니고 있었다. 혼자 읽은 쇼펜하우어와 니체 철학에 경도되어 자살을 기도하기도 했고 세상과 자신에 대한 아이러니한 글을 쓰기도 했던 것이다.

20세 무렵, 청년이 된 고리키는 당시 진보적인 작가로 널리 존경받던 V. 코롤렌코를 찾아가 글쓰기에 대한 조언과 격려를 받고 그의 주선으로 고향 니즈니노브고로드로 돌아와 변호사 라닌의 사무실에서 문서배달과 서기 일을 맡게 된다. 최초의 지적 직업이었고, 거칠고 지옥 같은 막노동판에 비해 일도 쉽고 보수도 괜찮은 편이었다. 자유주의자로 덕망이 높은 변호사 라닌은 일하면서 언제든 서재를 마음껏 이용할 수 있도록 허용해주었다. 코롤렌코의 추천 덕분이었음은 물론이다. 하지만 이미 카잔에서부터 요주의 인물로 경찰의 주시를 받던 고리키가 아무런 학력도 없이 변호사 사무실에 근무하는 것은 정보기관의 의심을 살 수밖에 없었다. 경찰은 감시의 눈을 떼지 않았고 고리키는 여러 차례 경찰에 불려다니며 심문을 당해야 했다. 당시는 급진적인 인민주의자들의 테러가 끊이지 않던 시절이었기 때문이다. 이런 갑갑한 현실, 그리고 자신의 글쓰기에 대한 환멸 등이 겹쳐 고리키는 결국 얼마 지나지 않아 다시 고향을 등지고 볼가강을 따라 정처 없는 방랑길에 나선다. 볼가강 유역의 여러 도시와 마을들, 우크라이나와 크림, 코카서스 지역까지 발길이 닿는 대로, 일거리가 있는 대로, 아는 친구를 따라나서기도 하며 고리키는 전 러시아를 걸어서 떠돌았던 것이다. 이때 만난 온갖 다양한 사람들과 수많은 사건, 즉 온몸으로 체험한 러시아의 현실은 후에 풍부한 문학적 자양분이 될 것이었지만, 당시 젊은 고리키에겐 출구 없는 러시아, 절망적인 삶 그 자체였을 것이다.

여행에서 돌아온 고리키는 지방 신문에 다양한 여행기와

신문기사를 투고하였고, 마침내 1892년 티플리스 지방 신문에 'M. 고리키'라는 필명을 처음 사용하여 단편 「마카르 추드라」를 발표한다. 이후 「예멜리얀 필랴이」 등 짤막한 단편들이 모스크바와 페테르부르크의 잡지에도 발표되었다. 1894년 고리키의 초기 문학적 특징을 대표적으로 보여주는 중편 『첼카쉬』는 고리키라는 필명을 전국적으로 알려주었다. 그리고 1899년 두 권의 작품집을 출간하면서 고리키는 러시아 문학계의 가장 주목받는 작가로 떠오른다. 정규 교육은 차치하고 이렇다할 문학교육조차 전혀 받아본 적이 없는 부랑자 출신이 십년 만에, 당대의 내로라하는 작가 톨스토이와 체홉을 능가할 정도로 대중의 열광적인 환호를 받게 된 것이다. 고리키 문학이 그려낸 새로운 주인공과 새로운 작가의식은 19세기 말 20세기 초, 몰락하는 과거와 아직 떠오르지 않은 미래 사이에서 새로운 인간과 인간주의를 갈망하는 하나의 시대정신이었던 셈이다.

고리키가 그려낸 주인공들은 19세기 고전적 리얼리즘 소설과는 현저히 다른 성격을 지니고 있었다. 사회 최하층의 보샤키나 떠돌이 집시, 하루 벌어 하루 먹고 사는 일일 노동자 등 주인공들의 사회적 지위만 하더라도 당대 문단의 주목을 받기에 충분했다. 보샤키는 러시아 자본주의 발전과정에서 농촌의 해체와 산업의 발전, 그리고 인구의 재편에 따라 태어난 룸펜 프롤레타리아트 계층이었다. 고리키 초기 문학은 바로 이러한 새로운 계층의 정서와 일상을 보다 적극적으로 행동하는 주인공으로 담아냈다.

당대에 고리키와 알고 지냈지만 창작 자체에 대해서는 그리 높게 평가하지 않았던 톨스토이도 고리키 문학의 이런 주인공이 지닌 문학사적 의미에 대해, "고리키의 중요한 공헌은 그가 사회에서 방기된 사람들, 보샤키 등, 이전에 우리 문학에서 거의 다루지 않았던 인물들의 세계를 합당한 사실로 그려내고 있다는 점에 있다."[5]고 지적한 바 있다. 고리키의 초기 작품들을 푸시킨과 고골, 톨스토이와 도스토옙스키와 비교하려는 비평가들에게 냉소를 보내며 고리키 문학을 기껏해야 중급, 아니면 아주 조악한 문학이라고 평가했던 메레지콥스키도 "고리키의 이런 의심스런 작품들 이면에는 (……) 삶이, 그 진정한 삶의 모습이, 피와 살을 가진 삶으로부터 찢겨져 나온 편린이 놓여있다. 러시아 현실의 특징을 잘 드러내는 현상인 보샤키의 발견은 대단히 의미 있는 사회적 현상인 것이다."[6]라고, 고리키 작품들의 사회적 특성에 대해서만큼은 충분히 인정하고 있다.

하지만 고리키 문학이 많은 사람의 주목을 받은 것은 이런

---

5 Гольденвейзер А. Б., Вблизи Толстого, М., ГОСЛИТИЗДАТ, 1959, p. 113.

6 Мережковский Д. С., "Грядущий хам. Чехов и Горький", М. Горький. Pro et contra. Личность и творчество Максима Горького в оценке русских мыслителей и исследователей. 1890-1910 гг. Антология, СПб., 1997, pp. 643-645. (이하에서 이 책은 Pro et contra로 약칭)

소재 때문만은 아니다. 이미 고리키 이전 시기에도 보샤키를 묘사한 작가가 없었던 것은 아니기 때문이다. 고리키의 보샤키 문학이 당대의 커다란 주목을 받은 것은 소재도 소재였지만 무엇보다 그 소재를 다루는 방법에 있었다. '작은 인간'에 대한 동정과 묘사의 전통을 비롯하여 고리키 이전과 동시대 대부분의 문학에서 민중은 비참하고 고통받는 존재로 묘사되고 연민과 동정의 대상이었다. 한껏 나아간다 해도 '민중적 지혜로움에 대한 지식인 문학가의 발견'을 넘어서는 경우는 찾아보기 힘들었다. 이런 상황에서, 특히 19세기 말 침체에 빠져있던 문학계에서 민중적 주인공들이 자기 자신의 시선으로 자신의 삶에 대해 말하고 생각하며, 고통스러운 삶뿐만 아니라 나름의 기쁨과 환희를 드러내는, 나아가 적극적으로 삶과 현실에 대적해나가는 모습은 새롭고 신선한 활력으로 받아들여졌다. 게다가 작가의 시선은 민중과 거리를 둔 관찰자가 아니라 민중의 내부적 시선과 일치한다. 주인공의 소재적 특성, 즉 그 사회적 특성보다는 그것을 다루는 작가의 관점이 무엇보다 고리키라는 문학 현상의 독창성과 가치의 핵심을 이루는 것이다. 바로 이런 특성은 고리키의 '당당한 인간' 형상에 함축되어 있다.

초기 단편으로 크게 성공을 거둔 시점인 1900년에 한 편지에서 고리키는 예술과 인간에 대한 견해를 이렇게 밝히고 있다.

> 대체 문학, 예술의 과제가 무엇일까요? 인간 속에 존재하는 가장 훌륭하고 아름답고 정직하고 고결한 것을 색채와 언어와 소리와 형태를 통해 표현하는 것, 바로 그것이 아닐까요? 특히 저는 인간 속의 당당함을 스스로 일깨우는 것, 삶에서 가장 훌륭하고 가장 의미 있고 가장 귀중하고 성스러운 존재가 바로 인간이며, 그 외의 그 어떤 것도 관심의 가치가 없다는 것을 말해주는 것, 저는 그것을 저의 과제로 생각합니다. 세계는 그 인간의 창조의 산물이고, 신은 그의 가슴과 이성의 일부이지요.[7]

이 말은 '당당한 인간'에 대한 작가의 입장을 잘 보여주며 초기 작품에서 여러 형태로 변주된다. 이를테면 첫 단편작품 「마카르 추드라」에서 랏다는 아름다운 집시 청년 로이코를 사랑하지만, 자신의 자유도 포기할 수 없어 로이코에게 무릎을 꿇지 않고 기꺼이 죽임을 받아들이는 '당당한 여왕'으로 그려진다. 「이제르길 노파」에서 노파가 들려주는 단코의 전설에서, 위기에 처한 동족을 구하고 쓰러지는 단코 역시 '당당한 용사'다. 그리고 자유를 사랑하며 죽음을 불사하고 하늘을 날아오르려는 매는 '당당한 새'(「매에 대한 노래」)이고 다가오는 폭풍우를 예감하며 더 높이 날아오르려는 바다제비는 '당당하게'(「바다제비에 대한 노래」) 울부짖는다. 산문시 「인간」에는 인간

[7] Горький М., Собр. соч. в 30-ти т., Т. 28 (1889-1906), М., Худож. лит., 1954, p. 125.

의 첫 글자가 대문자로 표기되고 당당한 인간상이 강령적으로 선언된다. 이 작품에서 인간은 삶과 세계, 자기 자신에 대한 주인이다. 그런 인간은 스스로 명료한 이성적 사고를 통해 자신의 존재의 의미를 깨닫고 이기심과 소유욕, 그리고 온갖 속된 욕망과 편견, 죽음에의 유혹과 무기력한 동정심에의 기대를 벗어나 더 높은 신념과 진리의 세계로 '당당하게' 나아가야 한다.

'인간'! 마치 태양이 내 가슴에 솟아오르는 것처럼, 그 찬란한 빛 속에서 '인간'이 천천히 앞으로 행진한다! 더 높이, 비극적이고 극미한 '인간'이!

나는 그 당당한 이마와 용감하고 깊숙한 눈매를 바라본다. 그 눈빛에는 두려울 것 없는 「사고」의 불빛이 번뜩인다.[8](6, 35)

여기 다시, 위대하고 자유로운 '인간'이 당당히 머리를 높이 들고 천천히, 그러나 굳건한 걸음으로 낡은 편견의 쓰레기더미를 밟고 걸어간다, 혼돈의 회색 안개 속에 홀로. 그의 뒤에는 과거의 짙은 먹구름이 먼지가 되어 날리고, 앞에는 수없이 많은 미지의 난제들이 냉정하게 그를 가로막고 서 있다.

8 '인간'의 작은따옴표는 인간의 첫 글자를 대문자로 표기한 것을 나타냄.

그것들이 무한한 하늘의 별들처럼 아무리 많다 해도 '인간'에게 그 길의 끝이란 없다!

반역의 '인간'은 더욱 앞으로 행진한다! 더 높이, 더 앞으로 전진! 그리고 또 더욱 앞으로, 전진!(6, 42)

이렇게 '당당한 인간'은 중기와 후기 작품에서 이념적으로 더욱 체계화된 주인공으로 발전하여 '프롤레타리아 혁명의 인간', '사회주의 리얼리즘의 긍정적 인간'으로 발전해간다. 희곡 『밑바닥에서』와 장편 『어머니』에서는 초기 작품에서만큼 낭만적이고 수사적이지는 않지만, 여전히 주요 주인공들의 묘사와 수사에 '당당함'이 자주 동원된다. 『밑바닥에서』의 사친은 인간을 우주 속의 유일한 주체로, 위대하고 '당당한' 존재로 묘사하고, 『어머니』의 철의 혁명가 파벨은 어머니의 눈에 '당당하고' 용감한 모습으로 보인다.

고리키의 이러한 인간론은 니체의 초인주의나 상징주의, 낭만주의 등과 연관된다는 평가를 받기도 한다. 당대에 이미 겔로트는 「니체와 고리키(막심 고리키 창작에서 니체주의 요소들)」을 통해 고리키의 니체주의적 초인관의 영향을 다뤘고, 벤게로프는 강력한 개인의 초월적인 지향이라는 점에서 고리키와 데카당 문학의 유사성을 지적하였다. 오늘날 콜로바예바는 초기 고리키 문학의 니체주의적 경향은 신화가 아니라 사실이라고 말한다. "고리키는 러시아의 삶에 대해 숙고하면서 니체의 윤리적 문제의식을 끌어들였다. 고리키는 나름대로 새롭게 의미를 부여하면서 자신의 창작 욕구를 실현하기 위해 니체의 철학적 라이트모티프와 상징들을 활용하였다. 물론 니체는 삶에서 기쁨의 원천을 보고 지상에서의 인간의 욕망과 웃음의 권리를 억압하는 기독교적 정신에 반역하는 페시미즘을 특징으로 하는데, 고리키는 이런 경향을 극복하고자 지향하였다(……) 니체의 미학이 고리키에게 공명하는 바는 반(反)사변성, 언어의 행동성 지향에서, 그리고 그 '영웅적 파토스', 좀 더 본질적으로 말하면, 위업의 해석 자체에서 찾아볼 수 있다."[9] 다시 말해 고리키의 당당하고 영웅적인 보샤키 주인공들은 니체의 초인주의 철학과 상징체계에 공명하지만, 니체의 세속주의와 페시미즘은 거부한다는 것이다. 콜로바예바의 이런 진단은 고리키의 '당당한 인간'을 좀 더 세심하게 바라볼 것을 요구한다.

문학 작품에서 주인공과 서사적 사건이 일차적으로 해석의 중심이 되는 것은 당연하지만, 20세기 소설 시학의 발전은 문학 작품의 주인공과 서사적 사건을 이해할 때 그에 대한 서술자의 묘사 태도, 문체, 저자의 관점 등을 충분히 고려해야만 보다 정확한 작품 이해에 도달할 수 있다고 본다. 이런 점에서 고리키 단편 문학에서 주인공과 사건에만 주목하게 되면 '당당한 인간' 형상의 다층적인 의미를 놓치기 쉬울 뿐만 아니

---

9 Колобаева Л., "Горький и Ницше", Вопр. литературы, 1990, No. 10, pp. 165-166.

라 불충분한, 혹은 잘못된 해석으로 나아갈 수 있다. 초기 단편들을 소설 시학에 근거하여 면밀하게 분석한다면, 그리고 순수한 독자로서 작품을 그 자체로 읽어본다면, 고리키의 '당당한 인간'론은 그저 '새로운 인간형-파벨-사회주의 인간형'의 도식으로 축소되기 어렵고 니체주의적 초인론으로 등치하기도 어렵다. 보샤키 주인공들의 당당하고 자유로운 모습을 그려내는 것이 고리키 문학의 특징인 것은 분명하지만, 그 작품들에는 '당당한 인간'에 대한 작가-화자의 지속적인 반성과 숙고가 내재되어 있는 것이다. 작가의 이러한 반성과 숙고는 보샤키 주인공들이 점차 구체적이고 현실적이며 역사적인 주인공으로 성장해가기 위해 필수적이다.

초기의 주요 작품을 통해 이런 성장의 구체적인 모습을 살펴보자.

당당한 인간의 노래

「마카르 추드라」

화자인 '나'는 마카르 추드라라는 한 노인과 초원에서 함께 밤을 보내며 그의 이야기를 듣는다. 마카르는 정착하여 노동하며 살아가는 인간의 삶을 경멸하고 자유롭게 초원을 떠돌며 살아가야 한다고 말하며 뭔가를 배우고 가르치려는 자세를 비판하고 주어진 삶 자체를 각자 살아가는 것만이 최선이라고 주장한다.

"자, 여기 날 보게. 오십팔 년이나 살면서 많이도 보았지. 내가 본 걸 종이에 쓴다면 자네 자루 같은 건 천 개가 있어도 못 담을 거야. 어디든 말해 보게, 내가 안 가본 곳은 하나도 없을 게야. 자넨 이름도 모를 곳들을 다 가 봤지. 그렇게 살아야지. 걷고 또 걷고, 그게 전부야. 한 곳에 오래 있으면 안 돼. 뭣 땜에 그래? 밤과 낮이 서로 쫓고 쫓으며 지구를 돌며 뛰어가듯이 그렇게 자네도 인생에 대한 사념에서 도망쳐 뛰어야 돼. 그래야 인생에 싫증을 안 내는 거야. 생각에 빠져있으면 인생에 싫증을 내게 돼. 언제나 그런 법이야."(1, 14)

사람들은 각자 열심히 살아가면서 스스로 지혜를 터득하고 죽어가는 것이지, 누구에게 배우고 누구를 가르치는 것이 아니다, 인생 자체에 대해 생각하기보다 인생 자체를 열심히 살아라, 이것이 마카르의 주장이다. 마카르는 무언가 배우고 답을 얻기 위해 떠돈다는 '나'에게 짐짓 화가 나 있다. 평생 집시로 살아오며 인생 자체에 대해서는 생각하지 않았다는 마카르는 인생을 배우러 떠돌아다닌다는 러시아인 청년을 앞에 두고 뭔가 자극을 받아 자신의 '인생에 대한 생각'을 말하는 데 열을 올린다.

"인생? 다른 사람들이라고? (……) 에헤, 그런 게 자네와 무슨 상관이야? 아니, 자네 자신의 인생 아냐? 다른 사람들은 자네 없이 살아가고 앞으로도 자네가 없어도 잘 살아갈 거야. 자네가 누구에게 필요한 사람이라고 생각하는 모양이지? 자넨 빵도 아니고 지팡이도 아냐, 누구도 자넬 필요로 하지 않아."

"배우고 가르쳐야 한다고 말하는 거야? 그럼 자네는 사람들을 행복하게 만드는 법을 배울 수 있다는 거야? 아니, 못해. 자넨 먼저 백발이 되고 나서 누굴 가르쳐야 한다는 말을 하게. 대체 뭘 가르친단 말인가? 누구나 자기에게 필요한 건 다 알고 있어. 더 영리한 자들이 더 가져가고 좀 어리석은 자들은 아무것도 없는 거지, 모두 다 스스로 배우는 거야……"(1, 13-14)

마카르의 말에는 화자에 대한 대응으로서 초원을 떠돌며 살아가는 자신의 인생을 정당화하고자 하는 욕구가 강하게 묻어난다. 자신보다 한참 어린 사람이 인생이 어쩌고, 배우고 익힘이 어쩌고 하는 것에 대해 반감을 느끼면서, 동시에 뭔가 한 수 가르쳐줘야겠다는 생각이 가득한 것이다. 그리하여 그는 좁은 곳에서 모여 노예처럼 평생 땅이나 파고 살며 죽을 듯이 다투며 살아가다 아무것도 모른 채 죽어가는 정착민들에게 경멸을 보내며 드넓은 초원을 집 삼아 살아가는 자유로운 자신의 인생을 예찬한다. 마카르는 자신의 주장을 좀 더 확실하게 하려는 듯, '나'에게 자신이 겪은 옛날이야기를 들려준다. 로이코와 랏다의 비극적인 사랑 이야기다. 이들은 서로 사랑하지만, 또한 각자 독립적인 자유를 사랑하였기에 서로를 죽음에 이르게 만드는 집시들이다.

> "콧수염은 어깨까지 흘러내려 곱슬머리와 뒤섞이고 두 눈은 밝은 별처럼 반짝이고, 얼굴의 미소는, 오, 맙소사, 한마디로 태양이었지. 말을 탄 그 모습은 그대로 주물에서 그대로 뽑아낸 쇳덩이 같았어. 그런 그가 모닥불 빛을 받아 선연하게 붉게 타오르는 모습으로 환하게 이를 드러내고 웃으며 우리 앞에 서 있는 거야! 그가 내게 말 한마디 건네주지 않았더라도, 아니 나라는 존재가 이 세상에 같이 살고 있다는 점을 알아주지 않았더라도, 맹세컨대 난 이미 그를 내 몸처럼 사랑하게 되었지.
>
> (……) 세상에 눈만 마주쳐도 영혼을 가득 채우는 그런 사람이 있지. 조금도 부끄러울 일이 아냐. 오히려 당당한 일이지. 그런 사람과 함께 있으면 자네 자신도 더 훌륭해지는 게야. 이보게나, 하지만 그런 사람은 드물지! 그래, 드물다는 게 차라리 잘된 일이지. 그런 훌륭한 사람이 세상에 많다면 사람들이 훌륭하다고 생각하지 않을 게야."(1, 17-18)

랏다는 아름다운 로이코에게 사랑에 빠지지만, 자신의 자유를 더욱 사랑하기에 모두가 보는 앞에서 로이코에게 무릎을

끓으라고 요구한다. 그러나 역시 누구보다 자존심이 강했던 로이코는 어쩔 줄 모르고 당황하다 오만한 랏다를 칼로 찌르고 자신도 죽음에 이른다. 로이코와 랏다라는 집시 이야기를 들려주는 마카르는 그런 삶과 자신을 동일시하고 싶어 한다.

그런데 과연 마카르와 같은 집시가 영웅처럼 생각하는 아름다운 로이코는 정말로 고리키가 꿈꾸는 당당한 인간상일까.

마카르는 자신의 인생관과 이를 뒷받침해주는 이야기를 통해 자유롭게 초원을 떠돌며 살아가는 자신의 인생에 대한 자부심과 정당성, 아름다움을 부각시킨다. 그리고 그것은 분명 화자인 '나'에 대한 암묵적인 대타의식에 의해 추동되고 있다. 그럼 그런 마카르를 바라보는 '나'는 누구이며, 그 '나'는 마카르와 그의 이야기 속에 나오는 영웅적 개인을 어떻게 바라보고 있는가. '나'는 마카르처럼 초원을 떠도는 집시는 아니다. '나'는 인생을 배우고 생각하고 또 다른 사람과 서로 배우고 가르치며 올바르게 살아가는 법을 배우기 위해 스스로 방랑을 선택하고 우연히 마카르와 초원에서 밤을 지내게 된 자이다. 그런 '나'에게 마카르의 모습은 신선하고 새롭다. '나'는 마카르의 강인한 인생을 관찰하며 공감을 보내기도 하지만, 마카르의 생각과 세계관에 전적으로 동조하지는 않고, 어디까지나 그를 관찰하고 그의 이야기를 들으며 차분하게 전달하는 자이다. 작품 전체에서 '나'는 직접 반박하거나 평가적인 말을 덧붙이지 않는다. 다만 마카르의 이야기가 끝난 후 로이코를 영웅으로 간주하는 마카르와 달리, '나'는 로이코보다 랏다를 보다 '당당한 모습'으로 떠올린다.

> 나는 잠을 이룰 수 없었다. 나는 초원의 칠흑 같은 어둠 속을 지켜보고 있었다. 내 눈 앞 허공 속에 장엄하게 아름답고 당당한 랏다의 모습이 유영하고 있었다. (……)
>
> 비가 더욱 거세졌고 바다는 당당한 한 쌍의 아름다운 집시, 로이코 조바르와 다닐로의 딸 랏다를 위해 음울하고도 장중한 송가를 부르고 있었다.
>
> 그들 둘 다 밤의 어둠속을 말없이 유영하며 맴돌았지만 아름다운 용사 로이코는 당당한 랏다에 결코 비교도 될 수 없었다.(1, 26)

단편은 이렇게 '나'의 감상으로 끝난다. 이 마지막 말, 로이코는 결코 랏다에 비할 바 못 된다는 말은 바로 화자인 '나'의 생각이며 마카르와 갈라서는 지점이다. 이런 점에서 '나'는 평생 초원을 떠돈 마카르에 비해 경험이 일천하지만, 초원의 자연을 감상하고 느낄 줄 알고(작품의 앞과 뒤의 초원에 대한 풍경묘사 능력), 마카르의 말을 숙연히 경청하면서도 거기에 휩쓸리지 않고 자신의 영혼 세계를 별다른 흔들림 없이 견지하고 있는 화자라고 평가할 수 있다.

단편 「마카르 추드라」가 로이코와 랏다 형상을 통해 영웅적인 개인을 노래한다고 판단하는 것은 일차원적인 단순한 이해일 것이다. 이들 형상은 마카르라는 프리즘을 통해 이야기되고 다시 화자 '나'의 프리즘을 경과하여 작품에 그려진다. 이런 과정에서 영웅적인 로이코와 랏다의 파토스는 '나'의 깊은 상상과 숙고의 대상이 된다. '나'는 '당당한 랏다'의 모습을 아름답게 회상하며 상상하지만, 그것은 이상화, 혹은 현실화와는 일정한 거리를 둔 이야기 속의 형상일 뿐이다. 화자 '나'와 마카르가 처해 있는 엄연한 현실, 즉 '서로 죽이며 싸우고', '평생 땅이나 파먹고 노예처럼 일하며 살아가는' 현실은 변함없이 그들 앞에 놓여있다. 그 현실은 하룻밤을 자고 나면 다시 찾아올 것이다. 내일이면 다시 '배우고 가르치러' 떠날 화자의 형상이 작품 전체를 틀 지우는 최종적인 이념적 정서적 심급인 것이다. 이런 점에서 로이코와 랏다, 그리고 마카르는 그 자체로 의미를 구성하는 것이 아니라 모두 '나'의 심급 속에서 재구성될 뿐이다. 즉 영웅적이고 당당한 인간상이 로이코와 랏다에게 전적으로 부여되고 있는 것은 아니다. '나'에게 보다 당당한 인간으로 보이는 랏다는 남성 우위의 사회에서 자신의 자유로움을 견지하고 죽음을 각오하고 사랑하는 남자를 자신 앞에 굴복시키려는 용기를 가진 여자이다. '나' 역시 남자지만 그런 여자의 모습에서 더욱 당당함을 느낀다는 것은 '내'가 살아가야 할 방향, 혹은 정신을 반성적으로 획득하고 있다는 것을 의미한다.

첫 작품에서조차 고리키는 당당한 인간을 그리되 단순히

영웅적 개인을 칭송하거나 극단화하지는 않는다. 이후 작품들에서 고리키의 '당당한 인간'이 보다 사회적이고 현실적인 모습을 진화하는 것은 바로 이러한 작가의 반성과 숙고의 결과이다.

『이제르길 노파』

「이제르길 노파」 역시 초원에서 만난 이제르길 노파와 화자 '나'의 대화로 구성되어 있다. 서사구조로만 보면 「마카르 추드라」의 확대판인 셈이다. 다만 '나'는 보다 직접적으로 노파와 대화에 나서고 이제르길 노파의 삶의 이력이 마카르보다 훨씬 구체적이라는 점, 그리고 그녀가 들려주는 이야기도 두 개의 전설과 하나의 실제 사건이라는 점에서 이 작품의 내용과 구성은 보다 풍부하고 복잡하다.

이 작품에는 '당당한 인간'이, 하나는 '오만한 인간'으로, 다른 하나는 '당당한 인간'으로 대립적으로 제시된다. '고르드이(гордый)'는 하나의 형용사지만 이 작품에서 '오만한'과 '당당한'으로 맥락에 따라 이해되어야 한다. 이는 고리키가 초기 작품세계에서 인간에 대해 부여하고 싶은 '고르드이'의 이미지가 이중적이라는 것을 말해준다. 즉 러시아 정교 문화에서 인간에게 순종과 겸손을 강조함으로써 노예적 상태에 대한 민중의 순종을 칭송하는 결과를 초래해 왔다는 점을 감안하면, 그리고 토스토엡스키가 혁명적 소용돌이에 빠져드는 민중을 향해 '온순하라'고 외쳤던 문학사적 사실을 감안하면, 왜 고리키가 굳이 '오만'과 '당당'을 함의하고 있는 이 단어를 지속적으로 사용하는지 이해할 수 있을 것이다.

이제르길 노파가 들려주는 전설 속 라라는 인간 처녀와 독수리 사이에 탄생한 자로 인간 세계 바깥에서 자란다. 그러다가 독수리가 죽고 나서 라라는 어머니와 함께 동족에게로 귀환한다. 하지만 라라는 오만하여 인간 세계의 윤리와 법도를 전혀 안중에 두지 않고 제멋대로 행동하고, 급기야 자신을 거절하는 한 처녀를 거리낌 없이 무참히 밟아 죽인다. 사람들은 그를 붙잡아 어떻게 처벌할 것인지 갑론을박 논쟁을 벌인다. 그때 지혜롭고 어진 한 노인이 아무런 형벌도 내리지 말고 풀어줌으로써 라라 스스로 형벌을 받도록 하자고 제안한다. 그때부터 그는 '세상에서 버림받은, 저 밖으로 버려진 자'라는 뜻으로 '라라'로 불리게 되었다. 라라는 독수리 아버지처럼 자유롭게 홀로 떠돌며 제멋대로 잔인하고 교활하게 날짐승처럼 산다. 그는 결코 죽을 수도 없었다. 사람들에게 다가가도 아무도 건드리지 않고 상대하지 않았으며, 화살도 그의 몸을 뚫지 못했고, 칼로 자신을 찔러도 결코 죽을 수가 없었다. 사람들에게 버려진 채 그렇게 세상을 떠돌아다니며 영원히 그림자와 같은 존재가 되어 버린 것, 그것은 바로 '오만함'에 대한 대가라고 이제르길 노파는 말한다.

이제르길 노파가 전해주는 또 하나의 전설 속 주인공은 단코다. 위기에 처한 종족을 이끄는 지도자로 등장한 청년 단코는 절망과 회의에 빠진 동족에게 자신의 심장을 꺼내 자신의 신념을 증명한다. 불에 활활 타오르는 심장을 꺼내든 단코를 따라 사람들은 온갖 역경을 극복하며 용맹하게 전진하여 드디어 새로운 터전을 찾는다. 고리키의 '당당한 인간' 형상을 논할 때 가장 대표적으로 거론되는 주인공이 바로 이 단코다. 위기에 처한 민족을 구하는 불타는 심장을 가진 단코는 19세기 말과 20세기 초 러시아 혁명진영에 의심할 나위 없는 위대한 알레고리가 되었다. 비록 전설 속 인물이지만 그가 보여준 용기와 신념은 바로 그 시대가 요구하는 혁명적 인간상의 모범이었던 것이다. 이후 장편 『어머니』에 등장하는 불굴의 혁명가 파벨 블라소프 형상을 단코의 정신적 계승으로 해석하는 것은 당연하고 자연스러운 일이었을 것이다. 그런데 이 단코를 고리키는 '당당한 용사'('오만한 용사'가 아니라)라고 묘사한다.

> 당당한 용사 단코는 눈앞에 광활하게 펼쳐진 초원을 바라보았어. 그는 자유로운 대지를 향해 기쁨에 찬 시선을 던지고 당당하게 미소를 지었지. (『은둔자』, 102)

여기서 우리는 라라와 단코의 대립적 성격과 운명을 보게 된다. 둘 다 '고르드이' 인간인데, 라라는 오만함에 대한 대가로 종족에게서 내쫓겨 영원히 고독하게 떠도는 존재이고, 단코는 동족을 위기에서 구하는 당당한 영웅이다. 왜 굳이 이 두 인물에게 똑같이 '고르드이'라는 형용사가 필요한 것일까. 아마도 고리키는 자신이 염두에 두고 있는 '당당한 인간'에 대한 의미체계에서 부정적 의미, 즉 절대적 초인으로서의 오만함, 인간과 사회를 거스르는 오만함의 의미를 제거할 필요가 있었을 것이다. 작가는 소극적으로 운명에 순응하는 인간형이 아니라 적극적으로 행동하며 사회 모순에 저항하는 인간상을 강조하고 싶은 바, 그것이 바로 '당당한 인간'이었다. 하지만 이 단어에는 '오만함'이라는 부정적 가치가 따라온다. 고리키가 생각하고 주창하는 '당당한 인간'의 의미는 따라서 이 단어에 담긴 부정적 의미와 경쟁을 통해 입증되어야 한다. 즉 '당신이 주장하는 당당한 인간이 오만한 인간 아니냐', '그것은 종교적 도덕적 가르침에 어긋나지 않는가'는 가상의 반박에 대해 고리키는 '당당한 인간'의 덕목을 채워감으로써 자신을 정당화해야 했다. 라라와 단코는 바로 이런 반론에 대한 작가의 변론인 셈이다.

라라와 단코의 전설 못지않게 이제르길 노파의 인생 역정 역시 이와 연관해서 이해될 필요가 있다. 늙어서 뼈만 남았지만 이제르길은 여러 남자와 마음껏 사랑하고 온갖 풍상과 모험을 겪은 노파다. 그녀는 마음 가는 대로, 그러나 비겁하거나 교활하지 않게 자유롭고 떳떳하게 인생을 사랑하며 살았다. 위험을 무릅쓰고 사랑하는 사람을 구하는가 하면, 사랑이 식으면 주저 없이 떠나곤 했다. 그녀가 만난 사람들은 다양한 종족의 다양한 계층 사람들이었다. 이제르길 노파가 털어놓는 자신의 인생이야기는 라라와 단코의 전설과 그 양과 질에서 대등하다. 그녀는 라라의 이야기를 들려주고는 "아, 오만함의 대가는 얼마나 큰지!"라고 말하고 "말없이 길게 한숨을 내쉬며 가슴 위로 고개를 푹 숙이고는 조금 이상하게 이리저리 흔들었다." 이제르길은 오만함의 대가를 치른 라라의 이야기를 하고 자신의 삶이 오만했다고 후회의 상념에 싸이는 것 같다. 이어지는 자신의 사랑 이야기에서 그녀는 정말 오만하다고 할 정도로 자신만만하고 제멋대로였다. 라라는 전설 속의 오만함이지만 이제르길 노파는 현실 속의 오만함이었다. 그러나 다른 한편 이제르길은 자신이 사랑하던 남자가 자신을 떠났다가 러시아군의 포로가 된 걸 보고 위험을 무릅쓰고 그를 구해낸다. 그 남자가 감사의 표시로 다시 그녀를 사랑하겠다고 말하지만, 그녀는 단호히 그 비굴한 사랑을 거절한다. 자신이 사랑해서 목숨을 걸고 남자를 구했지만 그렇다고 그 남자의 사랑을 구걸하지 않겠다는 당당한 모습이다. 그녀는 자신의 인생 역정을 들려주고 나서 이렇게 말한다.

> "내가 인생에 대해 모르는 게 뭐가 있겠어? 아이고, 난 다 본다고, 아무리 내 눈이 나쁘다고 해도 다 보여! 요즘 사람들은 진짜 사는 게 아니라 그냥 흉내만 내고 있어. 그저

흉내만 내느라 허송세월하지. 세월을 다 보낸 다음 더 이상 아무것도 남지 않으면 운명을 탓하며 징징대고. 운명이란 게 대체 뭐야? 제 운명은 제가 만드는 거야! 요즘엔 아무리 봐도 진짜 강한 사람이 없어! 그 어디에도…… 미인들도 점점 보기 힘들어."

노파는 강하고 아름다운 사람들이 도대체 어디로 사라졌는지 곰곰이 생각하며 그 답을 찾으려는 듯 어두워져 가는 초원을 묵묵히 바라보았다.(『은둔자』, 103)

이 장면 이후 노파가 들려주는 이야기가 단코의 전설이다. 이제르길 노파의 삶이 라라와 단코 사이에 존재하는 셈이다. 한편으로 보면 오만하게 살아온 삶에 대한 후회의 상념이 라라와 이어지고, 다른 한편 자유롭고 용감하게 살았던 삶에 대한 긍정적 의미부여가 단코의 이야기로 연결된다고 말할 수 있다. 다시 말해 이제르길 노파는 현실 속의 '고르드이 인간'으로 '오만함'과 '당당함'이 뒤섞여 있는 삶을 살았다. 순수한 오만함과 순수한 당당함은 단지 전설 속의 인물에게서 구현되는 것이고, 현실 속의 인간에게는 그 양면의 특성이 혼재되어 있는 것이다. 결국, 이렇게 복합적인 성격의 노파는, '강하고 아름다운 사람'이란 운명에 굴복하지 않고 스스로 운명을 창조해나가는 자라는 것을 깨닫는다.

그렇다면 이런 노파를 바라보는 화자는 어떠한가. 화자 '나'

는 등장인물과 같은 집단에 속해 있지 않는 떠돌이 러시아인이자 관찰자이다. '나'는 이제르길 노파와 대화를 나누고 자연을 묘사하고 노파와 전설 속 인물들에 대해 정서적으로 반응한다. 그러나 그는 라라와 단코의 전설이나 격정에 찬 이제르길 노파의 삶에 공감과 반감을 적극적으로 표현하지는 않는다. 다만 라라의 이야기를 마치고 길게 한숨을 내쉬는 노파를 바라보며 "왠지 갑자기 노파가 못 견딜 정도로 가엾다"고 생각하고, 어딘지 "두려움과 비굴함" 같은 것도 느낀다. 이런 감정은 노파의 인생 경험을 다 듣고 나서, 그리고 단코의 전설이 끝나고 나서도 유지된다. 특히 화자는 단코의 감동적인 이야기에 초원도 감동한 것 같다고 묘사하지만 정작 자신은 "그렇게 아름답고 힘찬 전설을 창조해내는 인간의 환상에 대해" 깊은 생각에 빠진다. 화자가 라라와 이제르길, 단코의 운명에서 나름대로 감동하지 않았다고 말할 수 없겠지만 전체적으로 화자는 차분한 관찰자로서 다소간 허무함의 분위기에 젖어 있다. 화자의 눈에는 "노파가 그 아름다운 이야기를 끝맺을 즈음 초원은 무서우리만치 적막"해 보였다. 그리고 이야기를 끝내고 잠이 든 노파의 모습과 그를 바라보는 화자, 자연의 모습은 격정과 행동, 당당함의 분위기와는 거리가 멀다.

> 아주 깊이 잠든 이제르길 노파의 남루한 옷이 바람에 날리며 메마른 가슴이 드러났다. 나는 늙어 이지러진 노파의

몸을 살며시 덮어주고 그 옆 땅바닥에 누웠다. 초원은 적막하고 어두웠다. 하늘에는 먹구름이 천천히 무료하게 흘러갔다…… 바다는 나지막이 구슬프게 수런대고 있었다.(『은둔자』, 111)

노파가 그 아름다운 이야기를 끝맺을 즈음 화자의 눈에 초원은 무서우리만치 적막해 보인다. 그리고 이야기를 끝내고 잠이 든 노파의 모습과 그를 바라보는 화자, 자연의 모습은 격정과 행동, 당당함의 분위기와는 거리가 멀다. 결국, 이 작품에서 '당당한 인간'은 전설 속 하나의 이상적 인물일 뿐이다. 그리고 자칫 잘못하면 '당당한 인간'은 '오만한 인간'이 되어 영원히 씻지 못할 벌을 받고 인간 사회로부터 격리될 수도 있다. 이렇게 보면 고리키의 '당당한 인간론'은 하나의 이념화된 추상으로 존재하고 실제 예술세계 속에서는 더욱 구체적이고 현실적인 인간상이 부각되어 있다고 보는 편이 더 옳을 것이다.

'당당한 인간'의 구체적이고 현실적인 형상은 바로 이제르길 노파나 마카르 등과 같은 인물일 것이다. 사회적으로 주변부에 위치된 보샤키로서 그들은 적극적이고 도전적으로 인생을 살아가야 한다. 그런 그들에게 전설 속 인물들이 일종의 역할 모델로 여겨지는 셈이다. 그러나 작품의 예술적 결론은 거기에 멈춰 있지 않다. 즉 그들의 인생관이나 세계관으로 작품이 종결되어 있지 않다. 그들을 바라보는 '화자-나'의 형상이 또 다른 의미의 그림자를 드리우기 때문이다.

사실 '내가 들은 이야기'라는 형식은 산문 발전에서 가장 초기에 나타나는 형식이다. 작품 서사와 병렬적으로 작가 자신이 직접 작품 속에 존재하는 낭만주의적 병렬 시대를 거쳐 의사(疑似) 전기를 가진 화자의 출현은 소설의 서사적 전망을 확대하고 객관 현실을 더욱 폭넓게 담아내기 위해 불가피한 형식적 발전이었다. 그 대표적인 예가 푸시킨의 『벨킨 이야기』와 레르몬토프의 『우리 시대의 영웅』이다. 고리키의 대부분의 단편은 형식적으로 보면 저자의 낭만주의적 병렬주의, 아니면 초기 소설적 형식(누군가로부터 들은 이야기)을 반복하고 있는 것처럼 보인다. 그러나 푸시킨과 레르몬토프 등 러시아 소설 발전의 초기 단계에서 화자는 상대적으로 아주 형식적인 장치, 즉 소설을 구성하고 이야기의 소재와 시공간을 넓히기 위한 장치에 머물러 있다면, 고리키의 초기 작품들에서 화자는 보다 적극적인 소설적 주체로 기능한다.

마카르나 이제르길을 바라보는 화자 '나'는 그들의 경험과 인생관을 수동적으로 수용하고 있는가? 작품에서 독자의 시야를 붙잡는 것은 당연히 마카르와 이제르길 노파, 그리고 그들의 이야기에 등장하는 인물과 사건이다. 따라서 등장인물과 사건을 중심으로 작품의 의미가 논의되는 것은 자연스럽다고 말할 수도 있다. 그리고 분명 그런 독법에도 일리가 있다. 하지만 작품에 대한 정서적 반응을 좀 더 면밀하게 관찰한다면 그 모든 인물과 사건이 '화자-나'의 은밀한 숨결로 보이지 않게 각색되고 있다는 점을 알 수 있다.

'나'는 낭만주의적으로 작품 속 인물들에 동일시되지 않는다. 비록 적극적인 의견이나 행동을 드러내지 않지만 매우 간접적인 방식으로(상대의 반응과 반박, 자연묘사, 서술 언어의 선택 등), 그리고 구성적인 방식으로(작품의 시작과 끝에서 현재의 정서 상태를 관장) 작품 전체의 의미와 정서 상태를 조정한다. 그런 '나'는 여러 이야기를 들으며 나름대로 생각하고 판단하며 보다 현실적인 자신의 삶을 모색해가는 존재라고 추정하기 어렵지 않다. 다시 말해 작품 속 등장인물들은 모두 제각기 자신의 언어로 자신의 삶을 이야기하지만 그 누구도 '화자-나'와 완전히 동일시되지 않는다. '화자-나'는 단순한 매개자나 동조자가 아니라 어떤 이야기와 어떤 인생 경험도 반성적으로 자기화하는 주체적 존재인 것이다.

이렇게 '화자-나'의 정서적 이념적 의미를 인정한다면 고리키 초기 단편 문학을 이해할 때 '당당한 인간' 형상 자체보다 그를 바라보고 현실적으로 사고하는 '화자-나'의 시선과 느낌, 전망에 보다 유의해야할 것이다. 그것은 고리키의 '당당한 인간'이 초기 작품의 유일한 주역이라는 판단에 대한 재고의 필요성을 말하는 것이기도 하다.

'화자-나'는 '당당한 인간'에 대해 동경하고 공감하고 있음이 분명하지만 맹목적이지는 않다. 오히려 그 이면에 놓인 '오만함'과의 내연관계를 의심스럽게 바라보기까지 한다. '당당한 인간'이 필요하고 아름답게 여겨지지만, 과연 현실에서 그것은 어떻게 가능할 것인가. 전설 속의 인물이 아니라 지금 '나'가 위치한 현실에서 '당당한 인간'이란 무엇일까. 혹시 그 '당당함'이 '오만함'이지는 않을까. 이렇게 조금은 냉정하게 작품 속 인물과 사건에 거리를 두고 사고하는 자, 그리고 그의 숨결이 고리키 초기 작품의 정서적 이념적 의미를 형성하는 것이다.

고리키의 '당당한 인간'론에 대한 소설 시학적 분석에 근거한 풍부하고 다층적인 이해는 고리키의 인간주의에 대한 현대적 이해의 출발점이 될 것이다. 또한 그것은 최근 고리키와 니체와의 연관성이라든가, 상징주의와 데카당 미학과의 연관성을 다룰 때에도 고리키 인간주의에 대한 도식적 이해에 근거해서는 안 된다는 점을 강력하게 환기해주고 있다.

『첼카쉬』

『첼카쉬』(1894)는 보샤키를 다룬 대표적인 중편소설이다.

농촌에서 돈을 벌기 위해 항구 도시로 나와 일거리를 찾던 농민 가브릴라는 항구를 떠도는 부랑자 첼카쉬를 만난다. 첼카쉬는 도둑질로 살아가며 아무런 양심의 가책도 느끼지 않는 인물이다. 하지만 커다란 덩치에 맨발로 어슬렁대는 짐승 같은 그에게 항구의 노동자나 경비들조차 함부로 대하지 못한다. 가브릴라는 농촌에서 어떻게 가난해졌는지, 돈도 밭도 말도 없어서 어떻게 더부살이를 해야 했는지, 사정을 털어놓으며 넋두리한다. 첼카쉬는 가브릴라의 이야기를 들으며 자신의 옛날 고향을 어렴풋하게 떠올린다. 둘 다 농촌에서 내몰린 보샤키였던 것이다.

첼카쉬는 돈, 돈 하는 가르릴라를 데리고 도둑질에 나선다. 첼카쉬는 도둑질한 물건을 팔아넘기고 큰돈을 받아와 가브릴라의 몫을 넘겨준다. 거금을 손에 쥔 가브릴라는 너무나 기뻐하면서도 다른 한편 첼카쉬 몫의 돈이 탐이 나 처절하게 애원한다.

> "제발 그 돈을 제게 주시면 안 되나요? 제발, 부탁이에요. 아저씨에겐 별거 아니잖아요. 아저씨에겐 그저 하룻밤이면, 그냥 단 하룻밤이면…… 하지만 전 일 년을 벌어도 안 돼요. 제발요, 아저씨를 위해 기도드릴게요! (……) 아저씬 그 돈을 날려버리면 그만이지만, 전요, 땅이 필요해요! 오, 제발 제게 주세요!"(『은둔자』, 68)

첼카쉬는 그런 가브릴라에게 가슴 아픈 연민과 증오를 느끼며 지폐 몇 장을 더 꺼내 내던지며 외친다.

"원래 좀 더 주려고 했다. 어젯밤에 좀 안 됐다는 생각도 들고, 고향 생각도 나고 해서…… 그래 이놈 좀 도와주자 생각했지. 네놈이 어떻게 나오나, 달라고 조르나 어쩌나 하고 두고 본 거야. 하지만 너 이 뻔뻔한 녀석! 거지발싸개 같은 놈아! 그래, 돈 때문에 그따위로 망가지냐? 바보 같은 놈! 돈에 눈이 먼 버러지들! 하여튼 너 같은 녀석들은 사람 같지도 않아. 돈 한 푼 때문에 자신을 팔 놈들……"(『은둔자』, 69)

돈이 절실하게 필요하여 비굴하게 애원하며 남의 몫까지 탐내는 가브릴라. 그의 떨리는 목소리와 초조한 얼굴빛, 스스로도 부끄러워하는 모습이 너무나 생생하다. 그런 모습을 보며 첼카쉬는 돈을 더 던져주고 돈 때문에 자신을 파는 사람 같지도 않은 자라고 욕설을 퍼붓는다. 가브릴라는 감사의 마음으로 몸을 떨며 첼카쉬를 해쳐서라도 돈을 뺏고 싶은 심정이었다고 고백한다. 가브릴라의 고백을 들은 첼카쉬는 오히려 거센 증오와 분노를 표하며 주었던 돈을 다시 빼앗아버린다. 그러자 가브릴라는 바닷가에서 헤어져 뒤돌아가는 첼카쉬의 뒤통수를 돌로 쳐 쓰러뜨리고 돈을 훔쳐 도망친다. 하지만 잠시 뒤 달아났던 가브릴라는 양심의 가책을 느끼고 되돌아와 쓰러진 첼카쉬를 일으켜 세우고 용서를 빈다. 그러나 첼카쉬는 가브릴라에게 돈을 다 주면서, 용서를 비는 가브릴라에게 이렇게 대답한다.

“주워! 주워 들어! 공짜로 번 게 아니잖아! 주워, 겁낼 거 없어! 사람 하나 죽일 뻔했다고 부끄러울 거 없어! 나 같은 놈 죽었다고 누가 찾지도 않아. 그저 감사합니다, 하겠지. 자, 어서 주워!”

가브릴라는 첼카쉬가 웃는 모습을 보고 마음이 조금 가벼워졌다. 그는 돈을 손에 꽉 움켜쥐었다.

“아저씨! 절 용서해주시는 거죠? 그렇죠, 예?”

가브릴라의 목소리가 울먹였다.

“이 보라고!” 첼카쉬가 비틀비틀 일어서며 대답했다. “용서하고 말고가 어딨어? 오늘은 네가 나를, 내일은 내가 너를 ……”

(……)

이윽고 가브릴라는 비에 젖은 모자를 벗어 들고 성호를 긋고는 손에 쥔 돈을 바라보며 홀가분하다는 듯 깊은 숨을 몰아 쉬고 품속에 감춰 넣었다. 그리고는 첼카쉬가 사라진 반대 방향으로 성큼성큼 씩씩하게 걸어갔다.

바다는 포효하고 거대한 파도는 백사장을 덮치며 포말로 부서지며 물보라를 일으켰다. 폭우는 쉼 없이 바다와 대지를 때리고…… 바람은 울부짖었다…… 세상은 온통 울부짖음과 아우성, 굉음으로 가득 찼다. 이제 바다도 하늘도 보이지 않았다.

첼카쉬가 쓰러졌던 자리의 붉은 핏자국도 첼카쉬와 젊

> 은이가 서 있던 흔적도 금새 비와 파도에 씻겨져 나갔다. 그리하여 그 황량한 해변에 두 사람 사이의 작은 드라마를 추억할 만한 것은 아무것도 남지 않았다. (『은둔자』, 73-74)

가브릴라와 첼카쉬의 성격이 극적으로 대조되는 장면이다. 가브릴라의 돈에 대한 욕심은 사악하지만, 사회적 곤궁함을 벗어나기 위해 어쩔 수 없이 강요된 것이 아니겠는가. 첼카쉬 역시 가브릴라의 그런 상태를 누구보다 잘 알기 때문에 도리어 그렇게 역정을 내고 분노하는 것인지 모른다. 즉 첼카쉬의 분노는 가브릴라에 대한 것이라기보다 가브릴라의 욕심을 초래한 사회를 향한 것이라고 볼 수 있다. 비록 도둑이지만 첼카쉬는 돈에 대한 강요된 욕심을 벗어나고자 하는, 즉 사회적 조건으로부터 과감하게 벗어나고자 하는 의지를 보여주고 있다. 그는 기존의 문학에서 그려낸 학대받는 민중의 모습과는 현저히 다른 적극적이고 영웅적인 민중상의 일단을 구현하고 있는 셈이다.

그러나 첼카쉬는 다소 영웅적으로 호기롭게 행동하고 있지만, 안개 낀 초원의 빗속으로 사라지는 그의 뒷모습과 울부짖는 폭우 속에서 첼카쉬의 발자국을 씻어내고 그를 기억할만한 아무런 것도 남지 않았다는 마지막 장면은 단코의 '담청색' 영혼 못지않게 쓸쓸해 보인다. 게다가 단코의 영웅성에 의해 새로운 대지를 찾은 종족들과는 달리 가브릴라는 첼카쉬의 영웅성에 의해 전혀 그 소시민성을 극복 받지 못하고 '손바닥에 꽉 쥐어져 있는 돈을 바라보고는 깊은 안도의 한숨을 내쉬면서 품속에 그 돈을 숨기고' 첼카쉬가 사라진 '반대쪽 해변'을 따라 걸어간다. 그는 여전히 첼카쉬의 '반대쪽'의 가브릴라로 남는 것이다. 이런 점에서 첼카쉬는 단코에 비해 더욱 구체적인 현실 상황에 처해 있고, 그런 만큼 현실을 움직이고 변화시키는 결과를 만들어내지는 못한다. 첼카쉬는 결국 자신의 낭만적 영웅성만을 보여주고 가브릴라의 돌에 맞아 다친 머리를 '왼 손바닥으로 계속 받치고, 오른 손으로 갈색 콧수염을 살살 꼬면서 비틀비틀' 사라져 간다.

이 첼카쉬가 현실 속에서 보다 구체적인 인물로 활동하고 결과를 만들기까지 우리는 조금 더 기다려야 한다.

위로와 진실, 페쉬코프와 고리키

검은방울새와 딱따구리

고리키의 인간주의는 초기 당당한 인간상에 대한 신화적이거나 전설적인 묘사를 넘어 『첼카쉬』에서 보다 구체적이고 사회적인 인간상으로 나아갔다. 그러나 고리키의 인간주의의 발전을 이해하기 위해서는 조금 더 복잡한 하나의 과정을 거쳐야 한다.

당당한 인간상에 오만함과 당당함이 혼재하고 작가는 그중에서 오만함을 배제하고자 한다는 점을 앞서 살펴보았다. 그런데 고리키가 긍정적인 당당함에 대해서도 다시 일정한 이의를 제기하거나 다시 생각해보도록 요구하고 있다는 점을 놓쳐서는 안 될 것이다.

고리키는 글을 처음 쓰기 시작했을 때부터 짧은 시나 산문시를 쓰기 시작했다. 처음 코롤렌코에서 보여준 것도 장편서사시였다. 그의 시들은 현실과 인간 속성에 대한 익살스럽고 재치 있는 묘사를 보여준다. 특히 그 중 산문시 「거짓말하는 검은방울새와 진실의 애호자 딱따구리」(1893)는 고리키가 인간의 삶과 행위를 바라보는 문제의식을 잘 보여준다.

갑자기 기후가 나빠진 숲에서 새들은 아무런 희망도 없는 음울한 노래만을 부르고 있었는데, 처음에는 죽음의 흐느낌 같던 그 노래가 이제 익숙해져서 아주 지혜로운 노래로까지 여겨진다.

> 까악!…… 엄혹한 숙명과의 싸움에서
> 아무것도 아닌 우리에게 구원은 없다.
> 눈에 띄는 그 모든 것은
> 고통과 슬픔, 해골과 부패……

까악!…… 무섭고 무서운 숙명의 습격이여!……
그에 순응하는 자, 지혜로운 자여…… (『은둔자』, 10)

그러나 이런 노래 속에서 어디선가 "자유롭고 용감한 노래"가 울려 퍼진다.

까마귀의 깍깍 소리가 들린다,
추위와 어둠으로 어쩔 줄 모르는……
암흑이 눈앞에 있지만, 나의 이성이 대담하고 투명하다면
그따위 암흑이 무슨 의미가 있는가?……
용기 있는 자, 나를 따르라! 어둠을 몰아내자!
살아 숨쉬는 영혼은 어둠 속에 머물 수 없도다!
가슴에 지혜의 불꽃을 피워올려,
온 세상에 그 빛을 떨치자!…… (『은둔자』, 11)

검은방울새는 이렇게 노래하면서 숲을 빠져나가 새로운 빛의 세계로 나가자고 말한다. 하지만 숲을 빠져나간다면 새로운 세계가 존재한다는 것을 어떻게 증명할 것이냐는 대중의 의심에 처하자, 검은방울새는 이렇게 연설한다.

"저는 자연의 창조물 속에서 우리 조류의 사명이 최종적인 것이며, 매우 복잡하고 지혜로운 행동을 요하는 것이라는 불굴의 신념에서 출발하고 있습니다. 우리는 힘들어해서

는 안 됩니다. 우리는 항상 싸워서 이겨야 하며, 모든 과거와 현재와 미래는 자연의 맹목적인 힘이 아니라 바로 우리에게 달려 있다는 것을 우리 자신의 눈으로 우리 자신에게 확신시켜줘야 합니다. 우리가 가야 할 길은 저도 분명히는 모르지만, 우리가 앞으로 나아가야 한다는 것만큼은 확신합니다. 우리가 그 길에서 치러야 할 노고에 대해 보답해줄 훌륭한 나라가 그곳에 있습니다! 그곳에는 영원히 꺼지지 않는 빛이 있고 아직 우리가 모르는 기적의 세계가 있습니다. 그곳에서 우리는 위대하고 자유로우며 모든 것을 이겨낸 새로서, 우리 자신의 힘에 기쁨을 느낄 것이고, 전 세계는 우리 위업의 무대가 될 것이며, 그 위업은 지금 우리가 상상할 수도 없는 그런 것이 될 겁니다. (……) 이제 때가 왔습니다. 우리 자신을 믿어야 합니다. 오직 위대한 존재만이 지금 여러분이 의심하고 있는 그곳까지 나아갈 수 있습니다.

그곳을 향하여, 행복의 나라로! 위대한 승리가 우리를 기다리는 곳으로, 우리가 세계의 입법자가 되고, 세계의 영주가 되고, 모든 것의 영주가 되는 곳으로…… 그곳을 향하여, 그곳으로 기적과도 같은 '전진'을!……" (『은둔자』, 16)

검은방울새의 이러한 신념에 찬 연설은 새들에게 자신감과 긍지를 불러일으켜서 감읍하게 만든다. 바로 이 검은방울새의 논리는 「이제르길 노파」에서 할머니가 들려주는 전설 속의 주인공 단코의 논리이며 또한 향후 쓰게 될 『어머니』의 주인공 파벨의 원형이라고도 말할 수 있겠다.

그러나 검은방울새에게 진실의 애호자라는 딱따구리가 나타나 강력한 반론을 제기한다.

> "친애하는 여러분! 저는 딱따구리라고 합니다. 저는 벌레를 잡아먹고 살면서 제가 변함없이 기대고 있는 진실을 사랑합니다. 그 진실이 저로 하여금 말하지 않을 수 없게 하는 바, 지금 여러분은 헛되이 기만당하고 있습니다. 친애하는 여러분, 여러분이 지금 들으신 노래와 말은 뻔한 거짓말에 지나지 않습니다. 저는 그것이 거짓임을 명백한 사실로써 증명하는 것을 저의 영예라고 생각합니다.
> (……)
> 검은방울새님이 우리에게 호소하고 있는 그곳, 저 앞쪽에 무엇이 있는지 냉정하게 살펴봅시다. 여러분 모두 숲을 넘어 날아가 보면 그 즉시 알게 될 겁니다. 숲 너머에 들판이 시작되는데, 여름에는 작열하는 태양이 그대로 쏟아지고 겨울에는 차가운 눈에 뒤덮이는 그런 들판이지요. 그 끝에 가면 새잡이로 살아가는 그리쉬카라는 사람이 있고요. 그곳이 바로 저 검은방울새님이 여기서 수없이 말한 그 '전진'의 노정에서 만날 첫 번째 정거장입니다.
> (……) 우리가 운좋게 그리쉬카의 새그물을 피해서 마을을 지나 날아간다고 칩시다. 거기에는 또다시 들판이 있을

테고, 그 끝에서 또 다른 마을을 만날 테고, 마을을 넘어서면 또다시 들판이 있을 겁니다…… 지구는 둥글기 때문에, 우리는 지금 이 순간, 영광스럽게도 여러분과 이야기하고 있는 바로 이 숲으로 어쩔 수 없이 다시 날아올 수밖에 없는 것입니다."(『은둔자』)

검은방울새의 말에 뒤이어 전개되는 딱따구리의 '진실의 논리'는 검은방울새의 논리를 무력하게 만드는 강력한 이념적 대립물, 즉 안티테제다. 이 논리의 대결 끝에 작가는 최종적인 어떤 결론을 제시하지도 암시하지도 않는다.

어쩌면 저 거짓말하는 검은방울새는 초기 단편들에 나오는 당당한 인간상들을 의미하고, 진실의 애호가 딱따구리는 그 당당한 인간들의 이념에 대한 강력한 반론을 제기하고 있는 것은 아닐까. 고리키는 늘 당당한 인간론의 주창자로 알려져 있는데, 왜 고리키는 창작의 초기에서부터 자신이 긍정하는 당당한 인간에 대해 반주인공을 통해 저런 문제의식을 던지고 있단 말인가.

빼어난 소설가 E. 자먀친(1884-1937)은 고리키에 대한 회상기 「막심 고리키」에서 이런 일화를 소개한다. 자먀친이 어떤 환상소설을 구상하고 있다고 고리키에게 말했다. 두 행성 사이를 비행하던 비행선이 목적지에 도달하기 직전 고장이 나서 추락하기 시작하는데 추락하는 시간은 이 년이 걸릴 것으로 추정된다. 처음에 주인공들은 공포에 질린다. 그러나 그 다음에는 어떻게 될까? 이야기 끝에 던진 자먀친의 이런 질문에 대해 고리키는 대답하지 못하다가 마지못해 이렇게 답했다고 한다. "내가 어떻게 말해 주길 바라나? 일주일 뒤에 그들은 아주 조용하게 면도를 시작할 것이고, 책을 쓰고, 심지어는 그렇게 마치 이십여 년이나 더 살 것처럼 행동하겠지. 반드시, 그래야만 돼. 우리가 완전히 망가지지 않는다고 믿어야만 돼, 그렇지 않다면 우리 인간사는 도저히 어떤 가망도 없겠지."[10]

다른 아무런 대안 없이 추락하는 비행선. 사람들은 죽음을 눈앞에 두고 있다. 그러나 그 죽음은 이 년 동안 추락한 이후에 벌어진다. 사람들은 어떻게 행동할 것인가? 이에 대한 고리키의 마지못한 대답은, 공포의 순간이 지난 후(그것은 너무나 당연하고 어쩔 수 없는 것이리라), 조용히 면도를 하고, 책을 쓰면서 마치 이십 년은 더 살 것처럼 행동할 것이라고, 그렇게 믿어야만 한다는 것이었다. 자먀친은 "그리고 고리키는 그렇게 믿었다."고 기술했다. 그러나 자먀친의 그 말대로 고리키는 정말 그렇게 믿었을까?

이 일화에서도 우리는 고리키의 내면에 검은방울새와 딱따구리가 공존하고 있음을 알 수 있다. 진실은 무엇인가. 인간은 파멸의 운명에 처한 우주선에서, 모든 인간성을 상실하고

---

10 Замятин Е., Избранные произведения, Советская Россия, М., 1990, p. 472.

야수와 같은 본능과 욕망을 드러내며 대혼란에 빠지지 않을까. 아니다, 설사 그렇더라도 인간은 그 진실을 희망과 용기로 바꿔내지 않으면 안 된다. 아마 고리키는 그 내면에 인간의 운명에 대한 비극적 진실을 감지하면서, 다시 힘을 내어 그렇지 않다고 자신을 다독여야 했는지 모른다. 바로 이런 점에서 그의 내면에는 거짓말하는 검은방울새와 진실의 애호자 딱따구리가 함께 살고 있었다고 말할 수 있을 것이다.

자먀친은 고리키의 내면의 복잡한 모순성을 알렉세이 페쉬코프와 막심 고리키의 공존으로 멋지게 표현한다.

> 고리키와 페쉬코프, 그들은 함께 살았다. 운명은 혈연적으로, 불가분하게 그들을 묶어 주었다. 서로 매우 닮았지만, 그들은 완전히 같은 사람은 아니다. 그들은 서로 싸우고 논쟁을 벌였고, 다시 화해하고 나란히 함께 살아갔다. 그들의 길은 바로 얼마 전에 결정적으로 갈라졌다. 1936년 유월에 알렉세이 페쉬코프는 죽었고, 막심 고리키는 살아남았다. 러시아 장인계층의 가장 평범한 얼굴을 가진 인간, '페쉬코프'라는 소박한 이름을 가진 인간, 그는 자신을 위해 필명으로 '고리키'를 선택했던 바로 그 사람인 것이다.[11]

자먀친의 이 말은 앞의 일화와 더불어 작가 고리키의 깊은

11 위의 책 p. 468.

내면의 풍경을 엿보게 해준다. 자먀친은 앞서의 일화를 통해, 이데올로그로서의 고리키는 '그렇게 믿었지만', 타고난 인간 본성으로서의 페쉬코프는 그 우주선에서 어떤 끔찍한 일이 벌어질 것이라고 '믿었을' 지도 모른다는 짙은 암시를 보내고 있다. 한편으로 우주선에서 벌어질 현실에 대한 절망적 예감을 불안하게 느끼면서, 그러나 그렇게 된다면 '우리 인간사에 어떤 희망도 없을 것'이기 때문에, '그렇지 않다, 인간들은 완벽한 몰락을 앞두고도 면도를 하고 책을 쓰는 등 도덕적이고 문화적이고 사회적 질서를 지키며 살아갈 것이다', 그렇게 믿어야 한다고 강하게 -그 불안한 예감을 떨쳐내듯이- 고개를 내젓는 고리키, 바로 그것이 자먀친이 보고 있는 고리키와 페쉬코프의 동거의 이미지이다.

자먀친의 '추락하는 우주선'과 그 속의 '사람들의 운명'에 대한 질문, 그리고 고리키의 '마지못한' 대답, 페쉬코프와 고리키의 동거, 딱따구리와 검은방울새의 논쟁 속에 드러나는 고리키의 인간주의는 희곡 『밑바닥에서』를 통해 더욱 깊은 철학적 울림을 얻는다.

희곡 『밑바닥에서』

『밑바닥에서』(1902)는 오늘날에도 지속적으로 공연목록에 오르고 세계 여러 나라에서 영화화되기도 한 고리키의 가장 유명한 희곡이다. 우리나라에서도 이 작품은 주기적으로 무대에 오르고 뮤지컬로 각색되기도 했다. 그런데 이 작품이 이렇게 사랑받는 이유는 무엇보다 이 작품에 담긴 다음향적인 철학적 울림 때문이다.

이 희곡은 최초의 공연에서부터 소란스러운 논쟁을 불러일으켰다. 특히 루카와 사친이라는 두 중심인물을 어떻게 이해할 것인가가 가장 뜨거운 논쟁 대상이었다. '위로하는 거짓말'을 통해 사람은 사랑과 동정을 통해서만 구원이 가능하다는 이념을 전파하는 루카와 그것은 단지 노예의 논리일 뿐, 주인으로서의 인간은 오직 진실에 의지해서 스스로를 구원할 뿐이라고 설파하는 사친, 이 두 인물 가운데 누가 작가의 이념을 담아내는가.

우선 이 작품의 주요 인물과 사건 전개를 살펴보자.

'동굴 같은 지하실'인 빈민 합숙소에 다양한 계층 출신의 부랑자들이 서로 뒤엉키며 살아가고 있다. 사람들은 저마다 욕을 해대고 싸움을 하며 아무런 희망도 없이 또 하루를 맞는다. 여기에 순례자 루카 노인이 새롭게 등장한다. 루카는 사람들에게 적절한 위로의 말을 던져주며 희망과 용기를 일깨우고 새로운 삶을 향해 나아가도록 충고한다. 루카 노인의 위로와 충고 덕분에 합숙소 사람들은 제각각 뭔가 새롭게 살아가려고 노력하면서 합숙소 분위기가 변화해간다.

죽어가며 고통을 호소하는 안나에게 노인이 위로하는 모습을 보자.

안나: 할아버지! 제발 저하고 이야기 좀 해요, 숨이 막혀 ……

루카: 아무것도 아니야! 죽기 전엔 그런 거지. 괜찮아요, 안나. 믿어요, 이제 죽으면, 평온해질 거야…… 더 이상 두려워할 게 없어요, 아무것도! 고요와 안락만이 있어요, 자 누워, 죽음은 모든 것을 평안하게 하지. 죽음은 다정한 거예요. 죽으면 휴식만이 있다고들 하잖아요, 안나! 여기 이승이 어디 사람 살 데가 된다고 생각해요?

안나: 그곳엔 고통은 없나요?

루카 : 아무것도 없어요! 아무것도! 믿어요! 평안함 이외에는 아무것도 없어요. 주님 앞으로 인도하여 이렇게 말할 거예요. 주님, 여기 당신의 종 안나가 왔습니다.

(……)

루카: 그러면 주님이 당신을 보고 다정하게 말씀하실 겁니다. 오, 나는 안나를 알고 있다! 내가 말하나니, 안나를 천국으로 인도하라! 편안히 쉬게 하라. 나는 안나가 어떻게 살았는지, 얼마나 힘들게 살았는지를 잘 알고 있다. 몹시 피곤할 것이다. 안나에게 이제 평안을 주도록 하라.(7, 136-137)

루카는 따스하게 안나를 위로하고 안나는 루카의 위로에

마음이 편안하고 한결 고통이 가벼워지는 느낌을 받는다. 또한 루카는 알코올 중독에 빠진 배우에게 배우의 재능이 있고 아직 늦지 않았으니 자선병원에서 무료로 병을 고치면 다시 무대에 오를 수 있다고 위로와 신념을 불어넣어 준다. 배우는 반신반의하지만 우선 술을 끊고 일을 해서 돈도 벌어온다. 루카는 도둑인 페펠에게는 사랑하는 나타샤와 시베리아로 함께 가서 행복을 찾으라고 충고한다. 시베리아는 황금의 시베리아여서 누구나 새로운 삶을 행복하게 살 수 있다는 것이다. 그리고 어떤 대학생이 자신을 사랑했지만, 아버지의 반대에 부닥쳐 권총으로 자살하려 했다는 이야기를 꾸며대는 나스차를 많은 사람이 비웃고 놀려대자, 루카는 만일 나스차가 진실이라고 믿는다면 그것은 진실이라고 말하며 나스차를 위로한다.

이처럼 아무런 희망도 없이 살아가는 밑바닥 사람들을 위로하고 희망을 안겨 주는 순례자 노인 루카에 대해 사친은 그것은 거짓말일 뿐이고 노예의 논리에 지나지 않는다고 비판한다. 사친은 당당한 인간에겐 진실만이 힘이라고 주장한다. 루카에게 힘을 얻어 새로운 삶을 시도하는 배우를 보고 사친이 하는 말을 들어보자.

(사친과 배우가 말다툼하면서 들어온다.)

사친: 이 멍청이! 넌 아무 데도 못 가. 이런 제길 할 놈의! 노인장! 이 타다 남은 놈의 귀에다가 뭐라고 바람을 집어넣

은 거야?

배우: 거짓말 말아! 할아버지! 이 사람 말이 거짓말이라고 말해주세요! 나는 오늘 일을 했어. 길을 청소했지. 보드카도 안 마셨어! 여기 15 코페이카짜리 은화가 두 개야! 봐, 난 멀쩡하잖아!

사친: 저 어리석은, 어쩔 수가 없다니까! 이리 내, 내가 마셔 줄게. 아님, 다 따 줄게.

배우: 저리 가! 이건 길 떠날 차비야!

루카(사친에게): 이봐, 당신은 뭐 때문에 저 사람을 그냥 놔두지 못하시오?

사친: '나에게 말해주오, 마법사여, 신의 총아여, 내 인생에 무슨 일이 일어날 것입니까?' 이보시오, 내가 졌소이다, 와-안-전히! 할아범, 솜씨가 완전히 간 것은 아니구먼, 세상엔 나보다 솜씨가 좋은 사기꾼들이 있다니까!

루카: 자넨 즐거운 사람이군! (7, 163-164)

이렇게 냉소적이던 사친은 결국 루카의 논리를 전면적으로 비판한다.

루카: 가까운 사람을 동정해서 거짓말을 하는 사람들이 많이 있지. 난 알고 있어! 책에서 읽었어! 멋지고 힘을 북돋고 일깨우듯이 거짓말을 하지. 위로해 주는 거짓말이 있고 평화롭게 만드는 거짓말이 있지. 노동자의 손을 짓밟는 그

> 런 괴로움을 옳다고 하고…… 굶주림으로 죽어가는 사람들을 비난하는 그런 거짓말도 있어. 나는 거짓말을 알고 있어! 영혼이 허약한 사람, 그리고 남의 피를 빨아먹는 사람. 그런 사람에게 거짓말이 필요하지. 거짓말은 어떤 사람들을 지탱하게 해주고, 또 어떤 사람들을 그 뒤에 숨도록 해주는 거야. 자기가 자신의 주인인 사람이나 남을 먹어 치우지 않는 사람에게 뭐 때문에 그런 거짓말이 필요하겠어? 거짓말은 노예들과 주인들의 종교야. 진실이야말로 자유로운 인간의 신이야! (7, 173)

루카는 자신의 말이 사람을 위로해 주는 거짓말이라는, 즉 진실이 아니라는 거듭된 반론을 받자 두 가지 일화를 들려준다. 하나는 자신이 직접 겪은 일로, 단지 굶주림에 지쳐 도둑이 된 두 농부를 붙잡았지만, 그들을 동정하여 먹을 것을 주고 겨울 내내 보살펴 주었더니 착한 사람이 되어 아무도 해치지 않고 고마워하며 돌아갔다는 것이다. 그리고 다른 하나는 '진실의 땅'에 대한 우화다. 어떤 사람이 이 세상 어딘가에 특별한 사람들이 서로 존경하고 도와 가며 모든 것이 영예롭기만 한 그런 '진실의 땅'이 있다고 굳게 믿으며 살아가고 있었다. 그는 가난과 역경 속에서도 언제나 그 땅에 대한 희망을 떠올리며, "괜찮아, 참을 거야! 이제 조금만 더 기다리면…… 그러면 난 이따위 생활을 다 내던지고 진실의 땅으로 떠날 거야."라고 위로하며 살아가고 있었다. 그것이 그 사람의 유일한 희망이었다. 그런데 마침 그때 그가 살고 있던 시베리아로 어떤 학자가 추방당해 왔다. 그는 그 학자를 붙잡고 '진실의 땅'이 어디에 있는지 가르쳐 달라고 애원하였다. 그 학자는 책과 지도를 펴놓고 찾기 시작했지만 아무리 찾아도 '진실의 땅'이란 곳은 없었다. 그러나 그 사람은 학자의 말을 믿지 않았다. 그 사람은 만일 '진실의 땅'이 씌어 있지 않다면 책과 지도는 아무짝에도 쓸모가 없는 것이며, '당신은 학자가 아니라 사기꾼'이라고 외쳤지만, 집으로 돌아와서는 목을 매 죽고 말았다.

루카는 사람을 위로해 주고, 설사 그것이 거짓말이라 할지라도 그 사람에게 어울리는 적당한 위로의 말을 늘어놓는다. 루카는 이러한 자신의 행동을 '진실의 땅'에 대한 우화를 빌어서 변호하고 있으며, "무엇 때문에 네게 진실이라는 게 그렇게 고통스럽게 필요한 건지 생각해보라고! 진실이라는 것은 말이지, 어쩌면 너에게 함정일 수도 있어."라고 말한다. 그리고 "믿는다면 존재하고, 믿지 않는다면 존재하지 않는다. 믿는 것은 바로 존재하는 것이다.", "진실이 인간의 병을 항상 치료할 수 있는 것은 아니다."라고 주장한다.

그러나 루카의 논리는 작품 속에서 거의 모두 실패에 부닥친다. 한때 고통을 위로받았던 안나는 다시 생각해보고는 이렇게 말한다.

안나: 그런데…… 그런데 말이지요, 혹 제가 다시 건강해질 수도 있을까요?

루카(웃으면서): 무얼 하려고? 또다시 고통을 겪으려고?

안나: 아니, 조금만 더…… 조금만 더 살고 싶어요. 그곳에 가서 고통이 없다면…… 여기서 조금 더 참을 수 있을 것 같아요, 조금만 더요! (7, 136-137)

루카는 죽으면 평온만 있을 뿐이라고 안나를 위로했지만, 안나는 만일 죽어서 평온해질 수 있다면 고통스러워도 지금 여기서 조금 더 살고 싶다고 말한다. 결국, 루카의 위로를 완전히 수용하지 못한 안나는 고통스럽게 죽음을 맞이하고 만다. 나타샤와 페펠은 함께 시베리아로 도망쳐 행복하게 살라는 노인의 충고를 듣고 그러리라고 결심한다. 하지만 이것을 엿들은 나타샤의 언니이자 집주인 바실리사는 페펠을 질투하여 음모를 꾸미고 결과적으로 커다란 소동 끝에 페펠은 살인죄를 덮어쓰고 경찰에 붙잡혀 가고 나타샤는 페펠의 진심을 의심하여 격렬하게 그를 증오하게 된다. 안나와 나타샤, 페펠 등은 루카의 위로의 받아 일시적으로 행복해하지만, 현실에서 그것을 실현하기에는 너무나 힘들고 고통스럽다는 것을 반증해준다.

결국, 루카는 사람들에게 위로의 거짓말과 그 실패를 남겨놓고 아무도 모르게 사라져버린다. 루카는 여러 등장인물로부터 거짓말쟁이, 선동가, 불온분자 등등 비난 섞인 평가를 받는다. 그러나 그때까지 가장 신랄하게 루카를 대하던 사친은 갑자기 다른 사람들을 제지하며 루카가 진실을 혐오하는 사기꾼이 아니라 그들을 불쌍하게 여겨 동정했기 때문에 거짓말을 한 것이라고 주장한다.

> 사친: (……) 그 노인네는 사기꾼이 아니야! 진실이 무엇이냐고? 인간-바로 인간이 진실이야! 영감은 그걸 알고 있었어. 너희들은 그걸 몰라. 너희들은 바보들이야, 벽돌처럼…… 나는 노인을 이해해. 그래! 그 영감은 거짓말을 했지. 그러나 그건 너희들에 대한 동정 때문이야. (7, 173)

4막에서 사친은 이제까지 냉소적으로 대해 왔던 루카의 논리를 가장 적극적으로 수용하는 인물로 전환된다. 그는 진실에 대한 재해석을 통해, 다시 말해 인간을 모든 것의 기준으로서 설정함으로써 루카의 이념을 도덕적으로 정당화한다. 그러나 사친은 루카가 '지혜로운 사람'이며 '자기 자신의 눈으로 보는 사람'이며 '녹슨 동전에 산을 붓듯이' 자신을 고무시켰다고 인정하지만, 결국 거짓말이란 노예나 주인의 논리일 뿐이고 자유롭고 독립적인 인간에게는 진실만이 필요하다는 논리를 포기하지는 않는다.

> 사친: 난 술에 취했을 때는 모든 게 다 마음에 들어. 그런데 저놈은 기도하고 있나? 훌륭하구먼! 인간은 믿을 수도 있고 믿지 않을 수도 있지. 다 제 맘 대로지! 인간은 자유로워. 모든 것에 대해 스스로 대가를 치르지. 믿음에 대해서든, 불신에 대해서든, 사랑에 대해서든, 지혜에 대해서든 다 인간 스스로 그 대가를 치르는 거야, 자유롭기 때문이지! 인간 그것이 진실이야! 인간이 뭐냐고? 너도 나도 저들도 다 아니야! 여기의 너나 나나 저들이나 노인네나 나폴레옹이나 마호메트나 그 모두를 합한 하나지!(손가락으로 공중에 인간의 모습을 그린다) 알겠어? 거대한 거야! 바로 이 인간에 모든 것의 시작과 끝이 있다고. 인간만이 존재하고 나머지 모든 것은 인간의 손과 뇌의 산물이지! 인간! 그는 위대한 존재야! 인간, 이 말은 당당하게 울려 퍼진다! 인-간-! 인간을 존경해야만 해! 동정하는 것이 아니야. 동정으로 인간을 저급하게 해서는 안 돼. 존경해야 돼! (7, 177)

사친의 논리는 위대하고 자유로운 추상적 이념으로서의 인간이 모든 것의 기준이자 진실이라는 것으로 요약된다. 그러나 사실 그것은 루카의 이념이 새로운 차원에서 변형된 것이다. 사친은 루카의 거짓말이 인간에 대한 동정에서 나온 것이라고 이해하지만, 그런 거짓말은 영혼이 약한 사람에게 필요하고 주인의 이익을 숨기는 데 이용될 뿐이라고 말한다. 그리하여 인간에게는 거짓말이 아니라 진실이 필요한 것인데, 그 진실은 위대하고 자유로운 인간, 즉 당당한 인간이라는 것이다. 사친의 논리는 루카의 논리를 완벽하게 뒤집는 것이 아니라 루카의 논리를 한 차원 더 높은 곳으로 추상화(자유롭고 위대한 인간=진실)시킴으로써 인간의 '기대에 찬 믿음'과 '진실의 논리'가 일치되는 추상적 순간을 말하고 있다. 즉 믿는 대로 행하면 그것이 진실이고, 그리고 진실은 그대로 '인간'인 그런 이상화된 상태를 말하고 있다. 그러나 그런 인간은 '너도, 나도, 저들도' 아니라는 엄연한 현실 앞에 다시 부닥치게 된다. 그러면 진정한 인간이 아닌 '너와 나와 저들'은 무엇 때문에 살아가는가. 사친은 루카에게 사람은 무엇 때문에 살고 있느냐고 물은 적이 있었는데 루카가 "(루카의 동작과 음성을 흉내 내며) 사람 말이야? 그야 여보게, 자신보다 훌륭한 사람을 낳기 위해서 살아가지"라고 대답했다고 말한다. 여기서 루카의 동작과 음성을 흉내 내면서 사친은 자신의 말과 루카의 말의 경계를 점점 흐려 가면서 결국 루카의 말을 그대로 자신의 말로 일치시키고 있다. 그리고 자신의 말에 만족하여 '빙그레 웃으며 오래 침묵'하는 것이다.

사친은 루카의 논리를 확대 수용함으로써 극의 긴장을 마무리하고(작가의식이 사친에 있다는 많은 주장은 바로 이 점에 주목하고 있다), 모든 구성원이 크게 술잔치를 벌인다. 그러나 대향연 중에 배우의 죽음이 통보된다.

(문이 급하게 열린다.)

남작(문턱에 서서 소리친다): 여보게들, 이리 와, 이리들 오라고! 저기, 공터에, 배우가…… 목을 맸어!

(침묵. 모두들 남작을 바라본다. 그의 등 뒤에서 나스차가 나타나서 천천히, 눈을 크게 뜨고 탁자로 걸어간다.)

사친(크지 않게): 에이, 노래를 망쳤잖아, 바보 녀석! (7, 179)

배우의 죽음은 분명 루카 이념의 극적 실패를 의미한다. 루카에 의해 고무되었지만 배우는 결코 루카의 논리대로 다시 갱생하여 무대에 오를 수는 없었다. 그것이 냉정한 현실이고 진실이다. 진실을 다시 확인해야 했던 배우는 더욱 커다란 절망 속에 목을 매고 마는 것이다. 그러니 절망에 빠져 술만 마셔대는 배우에게 희망을 일깨운 루카 노인이 그 죽음에 책임이 없지 않은 셈이다. 그러나 그는 그곳을 떠나고 없다.

그렇다면 절망에 빠진 배우를 그대로 살아가게 내버려두었어야 했단 말인가. 진실을 보라는 사친은 그 배우와 함께 술이나 마시고 도박이나 하는 것 외에 무엇을 했단 말인가. 그저 현실의 진실을 깨우치고 받아들이도록 하는 것이 최선이란 말인가. 사친은 진실을 주장하지만, 배우를 비롯하여 합숙소의 다른 모두에게 그 무엇도 해주지 못했다. 다만 극의 마지막에 이론적으로 대문자로서의 인간, '너도, 나도, 저들도' 아닌, 그러나 그 모두의 합으로서의 '큰 인간'의 개념을 이론적으로 주창하고 있을 뿐이다. 그는 현실을 극복할 수 있는 봉기를 일으키거나(물론 4막을 봉기의 신호로 해석하는 사람도 있기는 하다) 선동하는 능력은 없다. 그저 영혼이 허약한 배우의 자살이 그의 '노래를 망쳤다'고 탓할 뿐이다.

막심 고리키가 삶의 밑바닥 체험을 바탕으로 러시아 사회의 혁명적 필요성을 강조하고 있으며, 루카의 거짓된 위로는 밑바닥 사람들을 그 밑바닥에서 끌어내 주지 못하기 때문에 사람들에게 가차 없는 삶의 진실을 깨닫고 인간 자신의 힘으로 그것을 극복하기 위해 봉기할 것을 촉구하고 있다는 해석은 모스크바 극장의 초연 이후 소비에트에 이르기까지 유구한 전통이다. 이러한 해석에서는 사친이야말로 루카의 논리에 대립되는 긍정적 인물이고, 4막에서의 사친의 강렬한 인간론이 극의 이념적 철학적 아포리즘을 가장 완벽하게 표현하고 있는 것이 된다. 이러한 해석은 초기 단편에서 보았던 '당당한 인간'이라는 개념에 의거하여 고리키의 인간주의를 일관된 이념으로 정립하고자 한다.

고리키가 루카의 위로해 주는 거짓말을 부정적으로 그리고 이에 대한 반정립으로 사친을 설정하여 자신의 사상적 독백을 삽입시키고자 했다는 의도만큼은 분명했다고 볼 수 있다. 그러나 작품 속에 루카가 부정적으로만 그려진 것은 아니며 사친 역시 긍정적으로만 그려진 것은 아니라는 점은 작가 자신도 부인하지 못한다. 그만큼 두 인물은 각각의 이념적 근거를 가진 대등한 인물로 공존하고 있다. 그리고 실제로 많은 공연과 비평들이 루카를 부정적 인물로 묘사하고자 노력하고 극단적으로는 루카의 역할을 무대에서 몰아내려고까지 했지만, 많은 관객들은 여전히 루카를 긍정적으로 수용하고, 최소한 루카와 사친을 완전히 대립적인 인물로 인식하지 않으려 했다. 그리고 이후 점차 루카에 대한 재조명이 이루어지고 루카를 극의 전적인 주인공으로 설정하는 공연도 많이 등장하였다는 점은 이 작품이 단순하게 사친 이념-작가 이념이라는 등식으로 설명될 수 없다는 것을 증명한다.

『밑바닥에서』는 어떤 완결된 도식적 이념에 기초하여 구성되어 있지 않으며, 자먀친이 제기한 질문처럼 매우 곤혹스러우면서도 본질적인 문제의식을 함축하고 있다. 또한 자먀친의 질문에 대한 고리키의 대답에서와 마찬가지로, 일견 작가의 뚜렷한 이념적 주장이 드러나는 것 같으면서도 그 이념적 주장에 대한 분명한 반정립에 작가의 깊은 시선이 머물러 있기도 하다. 즉 이 작품에서도 '함께 살고 있는 페쉬코프와 고리키'는 싸우며 논쟁을 벌이고 있다. 그리고 그것은 고리키의 인간주의가 그리 간단하지 않다는 점을 다시 확인해준다.

이데올로기와 문화

혁명적 인간과 집단적 인간주의

1894년 「첼카쉬」를 발표하면서 고리키는 페테르부르크와 모스크바 등 중앙 문학계에 널리 이름을 알리고 활발하게 작품을 발표할 수 있었다. 수도의 지식인들은 민중 속에서 그대로 걸어 나온 고리키라는 작가에 대해 매우 호의적인 관심을 보이고, 고리키의 작품을 싣기 위해 경쟁을 벌이며 기꺼이 지면을 할애했다. 「코노발로프」, 「골트바 시장」, 「오를로프 부부」, 「말바」 등 고리키의 단편들은 발표되면 곧바로 대중과 비평계의 커다란 반응을 불러일으켰다. 등단한 지 십 년도 되지 않아 두 권으로 출판된 단편집(1898년)이 당대 최고의 작가로 꼽히던 레프 톨스토이나 안톤 체홉의 판매량을 훌쩍 넘어섰다는 것은 고리키의 대중적 인기가 어떠했는지를 잘 말해준다.

작가로서의 명성을 얻으면서 고리키는 체홉과 톨스토이,

그리고 화가 레핀이나 비평가 미하일롭스키 등 당대 최고의 지식인들과 교류의 기회도 많이 얻게 되었다. 1899년에는 문학동인 그룹 「스레다」의 회원이 되고, 1900년에는 당대 저명한 출판사였던 『즈나니에』에 작품 선집을 출판하였으며, 1901년에는 재정적 위기에 처한 『즈나니에』를 비평가 퍄트니츠키와 공동으로 인수하여 운영하기 시작했다. 고리키는 1896년 예카테리나 볼쥐나와 결혼하여 다음 해 아들 막심을 낳는 등 가정적으로도 상당히 안정적인 기반을 얻게 된다. 하지만 고리키는 돈에 관한 한 커다란 욕심이나 집착을 보이지 않고 자신의 인세를 비롯하여 꽤 많아진 수입을 『즈나니에』 운영에 아낌없이 털어넣었다.

고리키는 출판사 운영에서도 발군의 실력을 발휘했다. 노동자와 민중에게 필요한 고전이나 세계 문학 등을 값싼 문고판 시리즈로 출판하고, 재능 있는 작가들에게(심지어 아무도 주목하지 않는 작가들에게까지) 다른 출판사나 잡지사보다 두 배 이상의 인세를 지불 했을 뿐만 아니라 과감하게 선인세를 지불하여 일 년 동안 창작에 전념할 수 있게 선진적인 제도를 도입하기도 했다. 부닌과 안드레예프 등 빼어난 작가들이 『즈나니에』의 이런 혜택을 통해 발굴되고 창작활동을 유지해나갔다는 것은 널리 알려진 사실이다. 또한, 고리키는 레닌을 비롯한 사회민주당 혁명 활동에 막대한 자금을 후원하기도 하였다. 이렇게 고리키는 민중 출신의 작가라는 명성, 솔직하고 헌신적인 성품, 그리고 창의적이고 적극적인 출판 활동 등을 통해 러시아 문화계의 주도적 인물 중 하나로 떠오른다. 심지어 1902년에는 러시아 아카데미 언어문학 분과는 고리키를 명예 아카데미 회원으로 선출하기까지 했다(최종 임명은 황제에 의해 거부되었다).

한편 러시아 사회는 20세기에 접어들면서 역시적 격변을 겪고 있었다.

급격하게 증대한 학생 시위와 노동자 파업은 전제체제의 근본을 위협할 정도로 확대되기 시작했다. 레닌과 트로츠키 등이 주도하는 러시아 사회민주당, 그리고 인민주의 정신을 계승하는 사회혁명당을 비롯한 다양한 급진 정당과 단체들은 자연스럽게 터져 나오는 민중의 불만과 저항을 전국적 조직으로 결집하기 위해 전력을 기울였다. 혁명 운동의 급진적 전개는 노동계급과 농민계급의 열악한 현실과 불만, 지식인 사회의 반정부적 분위기의 고조에 힘입어 1905년 러시아 일차 혁명으로 달려가고 있었던 것이다.

이 당시 러시아는 빠른 속도의 자본주의적 산업화와 공격적인 서유럽 자본에 노출되어 있었다. 비록 내부적으로 사회 모순이 격화되고 혁명적 저항이 강화되고 있었지만, 후발 자본주의 국가로 성장해가는 러시아로서는 뒤늦게라도 제국주의적 팽창정책에 나서지 않을 수 없는 상황이었다. 대외적 팽창정책은 대내적 모순과 저항을 완화하고 전제 정권의 안정화에 기여하는 전략적 선택이기도 했다. 그러나 그나마 남부 지역으로의 팽창은 영국과 프랑스의 견제에 시달렸고, 아시아로의 진출은 일본의 강력한 견제에 직면했다. 1904년 발발한 러일전쟁은 직접적으로는 한국과 만주 지역에서의 패권을 둘러싼 싸움이었지만, 간접적으로는 영국과 프랑스 등 제국주의 강국들의 이해관계가 복잡하게 연루된 아류 제국주의 전쟁으로 십년 뒤 휘몰아치게 될 일차 세계대전의 비극적 전조였던 셈이다.

1905년은 20세기 러시아 혁명의 역사를 예고하는 대 격변의 사건들로 점철된다. 러일전쟁의 참화가 지속되고 있는 가운데 1월에 대대적인 권리청원운동이 발생한다. 가폰 신부가 이끄는 노동자들의 평화적인 권리 청원 시위대에 대해 황제는 무차별 사격과 체포로 대응함으로써 '피의 일요일'을 만들어 냈던 것이다. '피의 일요일'은 러시아 사회에 지울 수 없는 충격과 상처를 남겼다. 황제에 대한 민중적 거부감이 높아지고 전국적인 시위가 이어져 결국 전국 총파업과 1차 러시아 혁명이 발발한다. 그러나 1차 혁명으로 획득된 부분적인 개혁은 일 년도 되지 못해 황제에 의해 후퇴되면서 실패로 끝나고 만다. 기대와 희망으로 시작된 20세기는 이렇게 피와 혼란, 그리고 혁명과 패배로 얼룩지고 말았다. 혁명적 정치가들은 혁명의 패배 속에서 몰락하거나 변절해가고, 새로운 세기에 대한 기대와 열정은 냉혹한 현실에 직면하여 좌절과 회의로 차갑게 식어갔던 것이다.

이런 상황에서 고리키는 다양한 혁명 활동에 적극적으로 가담한다. 1905년 노동자들의 평화적인 권리청원 운동이 총칼로 진압된 피의 일요일 사건이 발발하자 고리키는 황제의 잔혹함을 고발하고 전제 정부에 맞선 강력한 투쟁을 호소하는 '전 러시아 시민과 유럽 여론에 호소함'이라는 성명서를 발표한다. 이로 인해 고리키는 반국가활동죄로 체포되지만, 톨스토이를 비롯한 러시아 지식인들과 전 유럽 지식인들의 대대적인 항의와 석방 운동에 정치적 부담을 느낀 황제는 한 달 만에 고리키를 풀어줄 수밖에 없었다. 경찰의 집요한 감시와 통제로 인해 더이상 국내 활동이 자유롭지 못했던 고리키는 레닌의 권고를 받아들여 1906년 해외로 망명하게 된다.

이처럼 고리키는 니즈니노브고로드의 부랑자 출신에서 십여 년 만에 독일과 영국, 프랑스 등 유럽에 거의 동시적으로 작품이 소개될 정도로 문학적으로 커다란 성공을 거두고, 혁명활동에 적극적으로 참여함으로써, 일약 러시아 문화와 러시아 혁명의 상징으로 떠오른다. 이 과정에서 고리키는 체험에 근거한 보샤키 문학가에서 이념과 철학을 갖춘 혁명문학가로, 프롤레타리아 문학가로 성장해간다. 이러한 성장의 가장 극적인 정점은 바로 20세기 내내 전 세계 혁명문학의 대표적 작품으로 인정받은 장편 『어머니』다.

혁명문학과 건신주의

『어머니』

고리키의 인간주의는 신화적이고 개인적인 당당한 인간형에서 보샤키라는 사회적 인간형으로, 그리고 마침내 『어머니』를 통해 집단으로서의 계급적 인간형으로 나아간다.

『어머니』는 자본주의 모순에 대해 전혀 알지 못하던 노동자가 자신의 역사적 운명, 불평등한 사회구조의 근본적 원인을 인식하고 이를 극복하기 위해 체계적이고 조직적인 운동에 나서는 과정을 그리면서 프롤레타리아 문학의 탄생을 선언한다.

주인공 펠라게야 닐로브나는 노동에 지친 남편의 폭력과 술주정을 묵묵히 받아들이며 체념 속에서 평생을 살아왔다. 아들 파벨 블라소프 역시 노동자가 되었고, 다른 젊은이들처럼 일만 끝나면 술에 취하거나 싸움을 해대면서 아무런 희망도 없이 살아간다. 그런데 어느 날부터 아들의 말과 행동이 몰라보게 달라지기 시작한다. 파벨은 말수가 점점 줄어들고 열심히 책을 읽기도 하고 가능한 한 깨끗하고 단정한 옷차림을 유지하려고 노력한다. 그리고 때로는 낯선 친구들을 집에 불러들여 밤새 무슨 이야기엔가 골몰하곤 했다. 파벨은 혁명적 노동자로 성장해가고 있었던 것이다. 어머니 펠라게야는 변해가는 아들의 모습과 그 친구들을 지켜보며 내심 불안했지만, 동시에 새로운 인간적 힘도 어렴풋이 느끼게 된다.

파벨은 무의식 노동자들을 일깨우려는 선전 활동을 전개하고, 동료 혁명가들과 함께 부당한 노동 현실을 개선해나가는 운동에 앞장선다. 자본가의 회유나 경찰의 탄압이 뒤따르는 것은 당연했다. 마침내 노동절 기념 시위대의 선두에 서서 파벨은 이렇게 선언한다.

"동지들!"

파벨의 우렁찬 목소리가 힘차게 울렸다.

어머니는 입술이 바짝바짝 마르고 눈앞이 아찔했다. 그는 어느샌가 몸을 놀려 아들의 뒤에 버티고 섰다. 모든 사람이 파벨을 바라보고 순식간에 그를 에워쌌다. 흡사 자석에 빨려드는 쇳가루들 같았다.

어머니는 아들의 얼굴을 쳐다보며 아들의 두 눈을, 자랑스럽고 용감하며 불꽃처럼 타오르는 두 눈만을 뚫어져라 응시했다.

"동지들! 오늘 우리는 우리가 누구인지 당당하게 선포하고자 합니다. 우리는 오늘 우리의 깃발, 이성과 진리와 해방의 깃발을 높이 들 것입니다."

군중 속에서 하얗고 긴 깃대가 허공에 쑥 솟아올랐다가 아래로 넘어지며 군중을 둘로 가르고 사라졌다. 그러나 잠시 뒤 노동자 깃발이 흡사 새빨간 새가 비상하듯 솟구쳐 올라 고개를 쳐든 사람들 얼굴 위로 넓게 펼쳐졌다. 파벨이 손을 위로 높이 들자 깃대가 흔들렸다. 그때 수십 개의 손이 하얗고 매끄러운 깃대를 함께 움켜쥐었다. 어머니의 손도 함께였다.

"노동자 만세!"

파벨이 외쳤다.

수백 명의 목소리가 그이 우렁찬 목소리를 뒤따랐다.

"사회 민주주의 노동당 만세, 우리의 당, 우리의 동지, 우리의 정신적 조국 만세!"

군중은 고양되어 들끓어 오르기 시작했다. 깃발의 의미를 알고 있는 사람들이 군중을 비집고 깃발로 모여들었다. 페자와 사모일로프, 그리고 구세프 형제가 파벨의 곁에 붙었다.(……)

"전 세계 노동자 만세!"

파벨이 외쳤다. 모두가 뜨겁고 격정적인 환희에 젖어 정신이 아찔할 정도로 수천의 메아리를 만들며 그의 구호에 응답했다.

어머니는 베숍쉬코프의 손을 잡았고 주변에 몇 사람의 손을 더 잡았다. 터져 나오려는 눈물에 숨이 막힐 지경이었지만 끝내 울음을 터트리진 않았다. 다리가 부들부들 떨리고 입술은 덜덜 떨렸다.(……)

"동지들!"

우크라이나인이 부드러운 목소리로 군중들의 웅성거림을 누르며 소리쳤다.

"우리는 이제 새로운 신, 빛과 진실의 신, 이성과 선의 신 이름으로 교회행렬처럼 행진을 시작했습니다. 우리 목적지는 멀고 험하지만, 면류관만은 오직 가까이에 있습니다. 누가 진리의 힘을 믿지 못합니까. 진리를 위해 죽음을 무릅쓸 용기가 없는 자 또한 누구이며, 자신을 믿지 못하고 고통을 두려워하는 자, 과연 누구란 말입니까? 우리 가운데 그런 사람이 있다면 옆으로 비켜서십시오. 우리는 우리의 승리를 믿는 사람들만을 초대합니다.(……) 동지들! 해방 노동자의 축제 만세! 메이데이 만세!"

군중은 더욱 빽빽하게 모여들었다. 파벨이 깃발을 흔들었다. 햇빛을 받아 발갛게 물든 깃발은 공중에서 펄럭이며 앞으로 흐르듯 나아갔다. 붉고도 환하게 웃으며…… (8, 152-153)

파벨은 메이데이 시위를 주도하며 노동자들이 하나가 되어 진리와 해방의 길로 나아갈 것을 선언한다. 그가 끊임없이 호소하는 '우리'는 하나의 개인이기보다 노동자 계급으로서의 동지이고, 사회민주당의 강령을 체현한 보다 크고 위대한 집단으로서의 인간, 사친이 허공에 크게 그려내는, '나도 너도 그들도' 아닌, 그 모두를 합친 이상으로서의 인간이다. 이에 공감하는 동료들과 어머니에게 깃발로 상징되는 바로 그 인간은 뜨거운 감동이자 아름다운 축복처럼 여겨진다.

이제 파벨이 말하는 인간은 지난 세기에 등장한 상징적인 개인이나 니체의 초인이기를 넘어 구체적인 사회 현실을 움직이는 집단적 주체다. 그리고 집단으로서의 인간은 하나의 조직적이고 유기적인 사회적 실체로서 사회주의 정당과 동일시 된다. 결국, 체포되어 재판을 받는 파벨은 법정 최후 진술에서 자신과 동료들의 정체를 숨김없이 드러내며 자신들의 역사적 사명과 과제를 선언적으로 역설한다.

"우리는 사회주의자입니다. 그것은 우리가 사유재산을 반대한다는 것을 말합니다. 사유재산은 사람들을 분열시키고 서로 싸우고 갈등하게 만들며, 화해 불가능한 적대감을 조장합니다. 인간을 한낱 부의 축적 도구로만 취급하는 사회는 반인간적인 사회이며 우리는 분명 그런 사회에 맞서 투쟁하고자 하며 영원히 투쟁해갈 것입니다. 우리는 노동자입니다. 거대한 기계에서 아이들 장난감까지 모든 것이 우리 노동자의 노동으로 만들어지고 있습니다. 그러나 우리는 인간적 가치를 획득하기 위한 투쟁의 권리마저도 박탈당한 사람들입니다. 우리가 주장하는 바는 간단명료합니다. 사유재산을 폐지하라! 모든 생산 수단은 민중에게! 모든 권력은 민중에게! 우린 결코 폭도가 아닙니다."

"본론만 말하시오."

재판장이 좀 더 큰소리로 파벨을 제지하려 했다. 어머니는 판사들이 어찌나 파벨을 뚫어지게 바라보는지, 그들의 눈이 아들의 몸에 달라붙어 아들의 젊은 피를 빨아먹으려는 것만 같다고 느껴졌다.

"우리는 혁명가입니다. 착취와 억압이 존재하는 한 우

리는 영원히 혁명의 길을 갈 것입니다. 당신들이 지키고 자 하는 사회와 결코 타협하지 않고 싸울 것입니다. 당신들은 우리를 지배하고 있다고 생각하겠지만 당신들은 우리보다 더욱 노예입니다. 우리가 육체적으로 예속되어 있다면, 당신들은 정신적으로 예속되어 있습니다. 우리의 의식은 끊임없이 성장하여 당신들이 가지고 있던 가장 훌륭하고 건강한 요소를 하나씩 우리의 것으로 만들고 있습니다.

당신들의 힘, 당신들에게 황금을 안겨준 기계적인 힘은 당신들 서로를 쥐어짜는 힘이지만, 우리의 힘은 모든 노동자들이 함께 성장해가기 위한 단결의식에서 나오는 힘입니다. 당신들이 하는 모든 일은 범죄적이지만 우리가 하는 모든 일은, 당신들의 거짓과 탐욕으로 만들어진 환상과 유령으로부터 민중을 해방시키는 것입니다. 당신들은 인간을 삶으로부터 떼어내어 파괴시켰습니다. 하지만 사회주의는 당신들에 의해 파괴된 세계를 다시 위대한 하나로, 전체로 결합시켜낼 것입니다. 그것은 반드시 이루어질 것입니다."(8, 314-316)[12]

파벨이 말하는 노동자는 세상의 모든 것을 창조해내는 주체지만 그들이 생산해낸 것으로부터 소외되고 억압받는 존재이다. '파괴되고 분열된 세계를 하나의 위대한 전체'로 결합하여 사유재산제의 폐지와 생산수단의 공유화, 권력의 민중화를

12 이 부분은 이해를 위해 축약 인용.

위해 모든 노동자가 '함께' 단결하여 투쟁해야 한다는 것이 파벨의 주장이다.

어머니 펠라게야는 아들과 동료 노동자들의 투쟁을 지켜보면서 수동적이고 체념적인 자신의 삶을 돌아보지 않을 수 없었다. 그리고 점차 인간적 삶을 회복하고, 마침내 아들의 삶을 이해하고 수용할 뿐만 아니라 아들을 대신하여 적극적으로 혁명 사업에 뛰어든다. 그러나 아들의 법정 최후 진술문을 배포하기 위해 나섰다가 어머니는 광장에서 헌병들의 발굽에 짓밟힌다.

> 그녀는 공중에 연설문을 뿌려 던졌다. 어머니는 사람들이 유인물을 낚아채서 품속이며 호주머니에 넣는 모습을 보았다. 어머니는 더욱 자신감을 가지고 가방에서 유인물 다발을 꺼내 계속 내던졌다.
>
> "내 아들과 동지들이 왜 재판을 받았습니까? 여러분, 이걸 읽어보시고 제 말을 믿어주세요. 그들은 여러분 모두에게 진실을 말한다는 이유로 재판을 받았습니다. 어제 나도 진실이 무엇인지를 알게 됐습니다."
>
> 사람들은 아무 말이 없었지만, 점점 숫자가 불어나 어머니를 에워쌌다.
>
> "가난하고 굶주리고, 병들고, 열심히 일한 대가가 그것입니다. 우린 매일 더러움과 기만 속에서 노동하며 죽어가고 있습니다. 하지만 우리의 노동으로 마음껏 즐기며 배를 불

리는 자들은 우리를 쇠사슬에 묶은 개처럼 대합니다. 우린 아무 것도 모르고 공포 속에서 살아갈 뿐이지요."

"맞소!"

짤막한 대답소리가 어딘가에서 들려왔다.

그녀는 헌병들이 다가오는 것을 보면서 마지막 뭉치를 던지려고 가방에 손을 넣었다. 하지만 누군가 다른 사람이 먼저 그것을 꺼내고 있었다.

"가져가세요, 다 가져가서 읽어보세요!"

그녀는 고개를 끄덕이며 말했다.

"해산! 저리 비켜!"

헌병들이 사람들을 밀치며 다가왔다. 사람들은 달갑지 않게 밀려나며 은근히 그들의 길을 방해했다. 가까이 선 사람들은 모두 우호적으로 어머니를 바라보고 있었다. 어머니는 그들의 따뜻한 숨결을 느낄 수 있었다.

"달아나세요, 아주머니!"

"바로 잡힐 텐데……"

"아이고, 대담하기도 하지!"

"내 아들의 말은 노동자의 순수한 말입니다. 용기를 가지고 싸우는 사람들의 진실입니다!"

마침내 다가온 헌병에게서 가슴을 한대 맞은 어머니는 의자에 털썩 주저앉고 말았다. 헌병들이 어머니의 옷을 잡아 일으켜 옆으로 내동댕이쳤다. 눈앞이 캄캄해지고 어지러웠다. 하지만 어머니는 있는 힘을 다해 몸을 일으키며 소리쳤다.

"여러분, 민중이 단결해야 합니다!"

"입 닥쳐!"

헌병 하나가 그녀의 멱살을 잡고 벽에다 밀어붙였다. 뒤통수가 벽에 세게 부딪쳤다.

"두려울 것 없습니다. 이제까지 평생 겪은 고통보다 더한 것은 없습니다."

"입 닥치라잖아!"

또 다른 헌병이 그녀의 팔을 잡고 끌고 가려 했다.

"매일 매일 피 말리듯 가슴을 조이며 살아가는 민중이……"

사복 경찰이 앞으로 달려 나와 주먹으로 그녀의 얼굴을 내려치고 소리쳤다.

"아가리 못 닥쳐, 이 개 같은 년아!"

그녀의 눈이 툭 불거지고 턱이 부르르 떨렸다. 간신히 몸을 일으키며 어머니는 다시 외쳤다.

"부활한 영혼은 죽일 수 없는 법이다!"

또 다시 주먹이 연이어 날아들었다. 뭔가 검붉은 것이 일순간 어머니의 눈을 가렸고 찝찔한 피가 입안으로 흘러들었다.

"개 같은 년! 짐승만도 못한 년이!"

그러나 여기저기서 사람들이 분명하게 외치는 소리가 들려왔다.

"때리지 마라!"

"저 더러운 놈들이 어딜……"

"혼내 줘라!"

이런 외침에 힘을 얻어 어머니는 다시 외쳤다.

"이성을 피로 덮진 못할 것이다!"

어머니는 머리와 배를 가릴 것 없이 마구 두들겨 맞으며 정신이 혼미해졌다. 사람들의 비명소리와 호루라기 소리가 뒤섞이며 검은 회오리바람이 이는 것 같았다. 뭔가 묵직한 것이 귓전을 때리며 멍하게 만들었다. 목이 조여 오고 숨이 막혔다. 땅이 꺼지는 듯하고 온몸의 기운이 빠져나갔다. 그러나 두 눈은 아직 꺼지지 않고 주위를 둘러싼 사람들의 눈동자를 바라보고 있었다. 사람들의 눈동자는 용감하고 날카롭게 불꽃을 일으키고 있었다. 그것은 바로 그녀가 가슴으로 느끼던 그런 불꽃이었다.

"피로 바다를 이루어도 진실은 죽지 않는다……"

헌병이 그녀의 목을 움켜쥐고 조였다. 그녀는 소리를 치려고 흐느꼈다. (8, 343-346)[13]

영웅적이고 강철 같은 혁명적 의지를 지닌 아들 파벨이 사회주의 이론에 입각하여 새로운 인간의 탄생을 정연하게 설파하고 있다면, 아들을 이해하고 함께 투쟁에 나선 연약하고 선량한 어머니의 수난은 정서적 공감과 동정을 불러일으킨다. 경찰과 헌병들에 짓밟히는 어머니를 둘러싼 민중들의 반응이 그것을 증명한다. 이들의 싸움은 결코 끝나지 않을 것이며 패배하지 않을 것이라고.

---

13 『어머니』의 마지막 장면으로 축약해서 인용.

열악한 노동현실에 대한 고발, 노동자의 권리를 억압하는 권력기제에 대한 비판과 투쟁, 혁명운동의 주체로 성장해가는 노동자 내부의 분화와 성장, 노동자와 진보적 지식인의 결합, 노동자와 농민의 관계, 혈연적 입장과 사회적 입장의 변증법, 민중전통과 노동자운동의 관계 등등 『어머니』는 20세기 프롤레타리아 문학, 나아가 사회주의 리얼리즘이 맞닥뜨려야 할 본질적인 문제들을 풍부하게 보여준다. 새로운 인간, 집단적 주체로서의 인간은 개성적 특징이나 개별적 특성을 넘어 초월적인 이데올로기로 조형되는 것이다.

『어머니』에 그려지는 고리키의 이러한 집단적 인간주의는 초기의 인간주의를 결정적으로 변화시키고 있다. 우선 집단적 인간은 초기의 당당한 인간과 마찬가지로 전통적인 윤리의 경계를 뛰어넘는다.

파벨은 메이데이 시위에 나서기 전 어머니가 불안해하면서 너무 앞에 나서지 말라고 만류하자, "슬퍼하기보다는 기뻐해야만 해요. 언제나 우리네 어머니들은 기쁜 마음으로 자식들을 사지로 떠나보낼 수 있는 거지?"라고 응수하고, "사람이 살아가는 데에 방해가 되는 사랑도 있다."고 단호하게 힐난한다. 농민운동가 르이빈의 말에 따르면 파벨은 자기가 가는 길에 어머니가 누워있다면 어머니를 넘고 지나갈 사람이다. 파벨은 마음속에 사랑의 감정도 단호하게 부정하고 억제한다. 이제 집단적 주인공 형상으로서 파벨에게 개인의 윤리와 감정은 사치나 방해물에 지나지 않는다. 이런 장면은 투르게네프의 바자로프가 이성과 과학으로 증명되지 않는 모든 권위를 부정하고, 인간의 감정조차 비이성적인 것으로 배제하려는 모습을 떠올리게 한다. 그러나 바자로프가 자신도 이해할 수 없는 사랑의 감정 앞에 무너지고 혼란에 빠지고 있다면, 파벨은 결코 한 번도 그와 같은 망설임이나 후회 같은 것을 보이지 않는다. 참으로 강철 같은 혁명가인 것이다. 도스토옙스키의 라스콜리니코프가 초인으로서 살인이라는 '위업'을 행하지만, 종교적이고 도덕적인 반성 끝에 '회개'하는 것과도 전혀 다른 모습이다. 밀고자 이사이를 살해한 사건을 두고 안드레이와 파벨은 잠시 인간적 동요를 느끼지만 결국 안드레이의 고양된 감정이 그것을 뒤덮는다.

> "민중이 사랑으로 하나가 되는 그때를 앞당기기 위해 인간을 증오할 줄 알아야 해. 삶의 진전을 방해하는 자들, 자신의 안락을 위해 인간을 팔아넘기는 자들을 마땅히 제거해야 해. 나도 알아, 그들의 피로 얻을 것은 아무것도 없다는 것을. 진리는 우리의 피로 자라나는 것이지! 하지만 난 나 스스로 죄를 짊어지겠어! 내 죄는 나와 함께 사라지겠지. 미래의 오점이 되진 않아. 그 누구도 더러워지는 게 아니야, 나 외에는, 아무도!"(8, 127)

사람을 죽인 안드레이가 자신을 변호하는 웅변이지만, 어쨌든 이러한 논리 속에 이제 인간은 오직 '나도, 너도, 그들도' 아닌, 그 무엇으로서의 인간이며, 오직 그에 합당한 새로운 행동규범을 지향하고 있다는 것이 잘 나타나 있다. 이러한 인간은 『밑바닥』의 사친이 주장하는 '그 모두를 합한 인간'에 다름 아니다. 파벨과 동료들이 추구하는 진리와 선은 시대의 역사적 과제로부터 도출된 것으로 노동자 계급의 해방과 사회주의의 이상 실현이다. 그러나 이러한 목표로부터 연역된, 즉 외부로부터 주입된 인간 형상은 자연히 현실의 구체적 인간의 모습과 괴리를 일으키지 않을 수 없다.

외부적 이념과 주인공의 완벽한 결합을 위해, 아니 그 괴리를 넘어서기 위해 고리키의 창작은 새로운 미학성을 구축하고 강화해야 했다. 소련 문학계에서 보통 혁명적 낭만주의라고 채색되는 이데올로기화와 서정적 주관화가 바로 그것이다. 이를테면 무의식적 노동자가 의식적 노동자로 성장하는 것은 수많은 매개 과정과 우회로를 통해 이루어지는, 그리고 인류 역사상 여전히 쉽게 이루어지지 못하는 대단히 어려운 과제다. 그러나 이런 과정이 『어머니』에서는 거의 생략되다시피 간략히 처리되고 있다. 파벨은 '어느 날부터인가' 그런 이념을 지니게 되고 강철 같은 혁명가가 된다. 그리고 동료 노동자들 역시 '소택지 사건'이라는 에피소드 수준의 소규모 갈등을 통해 '위대한 인간'으로 재탄생한다. 대체로 한 인간의 의식이 변화하는 미세하고 복합적인 과정이 오직 정해진 목표에 의해, 아니 그 목표로부터 거꾸로 연역되고 있는 것이다. 파벨이 추구하는 사회주의적 이상은 따라서 현실 자체로부터, 구체적인 노동자의 현실과 삶으로부터 나오는 것이라기보다 위로부터, 사회주의 정치 강령으로부터 부여받은 것으로 파벨의 법정 최후진술이라는 '선언'을 통해 우리에게 전해진다.

이런 이유로 『어머니』는 인물체계, 사건 전개, 이념적 대립 구도 등이 단순하고, 파벨이 강철 같은 신념을 단련하는 과정이 빈약하며, 어머니 펠라게야 닐로브나가 혁명의식으로 깨어나는 과정도 아들에 대한 혈연적 공감을 크게 벗어나지 못할 뿐만 아니라 심지어 종교적 경향까지 띠고 있다는 비판을 받아야 했다. 하지만 이러한 '빈약한 예술적 요소'들은 바로 이 소설이 외부적 이념과 작품 내의 개인의 의식을 만나게 한다는 새로운 시대 상황에 부응하는 것으로 불가피한 결점이라고 말할 수 있다.

『어머니』의 새로운 시학은 혁명적 이념과 노동자 계급의 결합이라는 역사적 현실이 이 작품의 예술적 현실과 동질적이라는 점에 기초한다. 작품에 그려진 인간적 갈등과 성장과정, 개인의 운명 역시 전 세계적 노동의 역사에서 보편적으로 나타나는 '도식'이다. 『어머니』에서 제시되는 이념의 정당성이나 객관성에 대해 논하기 전에 바로 이 점이 전제되어야 하며, 이런 전제에서 작품이 감당하는 새로운 역사적 상황에 따른 새로운 예술적 과제가 올바르게 이해될 수 있을 것이다.

자본주의 성장 과정에서 모순의 축적은 단기간에 무의식 노동자를 의식적 혁명적 노동자로 성장시킨다. 특히 외부적 이념이 제공되는 경우에는 폭발적으로 의식의 고양을 이룩하게 된다. 1905년 러시아는 자본주의의 빠른 성장에 따른 대도시 노동자들의 자연발생적 파업 증가, 사회민주당을 중심으로 한 혁명 이념의 전파, 농민봉기 확산, 러·일 전쟁 패배 등과 같은 정치적 위기 상황에 봉착해 있었다. 여기에 가폰 신부가 이끄는 권리 청원 운동에 대한 무자비한 진압('피의 일요일' 사건)으로 인해 국제적 비난 여론이 고조되는 등 러시아는 급격한 혁명적 정세로 빠져들고 있었다. 『어머니』는 1905년 러시아 1차 혁명 이후 외국으로 망명할 수밖에 없었던 고리키가 미국에 잠시 체류하는 과정에서 구상하고 집필을 시작한 작품으로, 이 당시 러시아 노동자의 실재 인물과 사건을 작품의 원형으로 삼고 있다. 즉 『어머니』는 작가가 적극적으로 전제정권과 맞서 싸우던 시기, 자유주의 언론과 치열한 논쟁을 전개하면서 러시아 사회민주당의 지도 노선을 스스로 수용하였던 시기의 매우 고양된 파토스를 담고 있다. 노동자 계급이 외부로부터, 즉 러시아 사회민주당을 비롯한 혁명 활동가들로부터 혁명적 사회주의 이념을 습득함으로써 현실에 대한 인식을 체계화하고 혁명적 주체로 성장하는 단기간의 고양된 러시아 정세가 이 작품에 반영된 것이다.

고리키 자신도 이 작품을 서둘러 썼다는 사실을 인정하였고, 이 서두름에 대해 블라지미르 레닌은 '이 책은 아주 시의적절한 책입니다. 당연히 서둘러야지요. 지금 많은 노동자들이 무의식적이고 자연발생적으로 혁명 운동에 동참하고 있는데, 이제 그들이 『어머니』를 읽음으로써 많은 도움을 받게 될 것입니다.'라는 유명한 언급을 남긴 바 있다. 레닌의 말이 혁명 운동가로서의 목적의식에서 나온 것이기는 하지만, 새로운 시대의 문학작품이 감당해야 할 중요한 문제에 대한 지적인 것 또한 사실이다.

노동계급이 양적으로 증대되고, 또 이들이 감당하고 있는 자본주의 모순이 질적으로 심화되어 갈 때, 노동계급은 개인으로서나 집단으로서 전위적인 혁명 활동 조직으로부터 이념적 지도를 받아들일 수 있고, 이 이념은 때로 개인의 발전단계나 자연스러운 집단의 성장과정을 앞서는 것일 수 있으며 일종의 신념 형태로 주어지기도 한다. 따라서 문학작품에서 외부 이념과 삶의 결합을 사회역사적 맥락을 도외시하고 하나의 도식으로만 단정하는 것은 결코 올바른 독법이 아닐 것이다. 오히려 우리는 이념과 삶 사이에 빚어질 수 있는 차이와 갈등의 문제, 보편적 역사과정의 필연성과 이 필연성을 인식해 가는 구체적 개인과 집단들의 불균등한 발전의 문제에 관심을 가질 필요가 있다. 『어머니』는 세계문학사에 바로 이런 문제들을 제기하고 있다.

『고백』과 건신주의

20세기 초 고조되는 혁명적 분위기와 더불어 고리키의 인간주의는 추상적인 개인적 인간주의로부터 『어머니』를 통해 구체적인 계급적 인간주의로 나아갔다. 계급적 인간은 당연히 한 개인보다 집단으로서의 계급의 존재와 목적에 충실한 인간이다.

그러나 『어머니』를 통해 보여준 고리키의 계급적 인간은 앞서 말한 바와 같이 외부적으로 주입된 이념적 인간이었다. 그 주인공들은 개인적 삶을 통해 필연적으로 성장해 나온 결과가 아니라, 외부에서 형성된 이념의 수용자로 제시되는 것이다. 하지만 그것이 그 시대 불가피한 현상을 반영한 것이라고 해도, 그런 도식적 주인공들이 그 시대의 보편적인 인간형이라고 말하기는 어렵다. 즉 아무리 파벨과 같은 철의 혁명가를 그려낸다 하더라도, 현실에서 그런 유형의 인간이 지속적으로 성장해나가기를 기대하는 것은 가능하지 않은 일이다. 고리키는 너무 서두른 이 작품 이후, 개인적 신념과 역사적 신념을 결합한 인간주의가 어떻게 가능할 것인지에 대해 보다 깊은 고뇌에 빠지지 않을 수 없었다. 이 시기 건신주의는 고리키 인간주의의 또다른 면모를 보여준다.

건신주의는 마르크스주의와 종교의 결합을 통해 민중 속에 사회주의 사상을 보다 광범위하게 전파할 수 있다고 생각한 일군의 문학가들로부터 시작되었다. 이들은 사회주의 이론이 인간에게 무엇보다 중요한 삶과 죽음의 문제에 답해야 하며, 이를 위해 프롤레타리아의 종교가 필요하다고 생각했다. 사적 유물론이 모두 설명해주지 못하는 인간의 정서, 그리고 성스러움에 대한 지향을 포용해낼 때 사회주의 이상은 민중 속에 더욱 깊게 '종교로서' 뿌리내릴 수 있으리라 기대했던 것이다.

건신주의는 러시아 혁명 운동 진영에 매우 광범위하게 유포되었다. 러시아 사회민주당 내에서 루나차르스키, 바자로프 등과 같은 이론가들이 먼저 주장하기 시작했고, 막심 고리키와 보그다노프가 그에 합류했다.[14] 이들은 고리키의 지원 하에 이탈리아 카프리에 사민당 교육기관을 만들고 건신주의 사상을 유포하여 레닌의 반발과 비판을 받기도 했다. 게다가 건신주의 사상은 당내에서 논란의 대상이 되었을 뿐만 아니라 종교 이론가들로부터도 격렬한 반론을 불러일으켰다. 하지만 건신주의는 문학예술 속으로 더욱 깊게 파고들어 공식적인 포기 선언에도 불구하고 혁명 이후까지도 그 흔적을 남기고 있다.

고리키는 건신주의 사상과 집단적 인간의 형상을 『고백』(1908)을 통해 그려낸다. 이 작품은 진정한 삶의 목적과 자유를 찾아가는 주인공 마트베이의 행로를 그리고 있다.

---

14 루나차르스키는 두 권으로 된 『종교와 사회주의』(1908), 바자로프는 논문 「구신론과 건신론」(1908), 「우리 시대의 신비주의와 리얼리즘」(1909)을 발표했고, 이들 두 사람과 고리키, 보그다노프는 『마르크스주의 철학 개관』(1908)이라는 공동 저서를 발표하였다.

버림받은 고아로 교회의 부사제에 의탁하여 살아가던 주인공 마트베이는 어렸을 때부터 간절하게 신을 갈구한다. 그러나 세상 사람들의 죄악과 파렴치한 욕망을 수없이 접하면서, 그는 자신이 찾는 신이 과연 존재하는지 의심하기 시작한다. 전능한 신이 존재한다면 왜 세상에 저토록 많은 죄악과 고통이 난무한단 말인가. 혹시 신의 힘은 너무나 미약하여 세상의 악을 제거할 수 없기 때문에 인간 세상을 악마에게 맡겨놓은 것은 아닌가. 하지만 마트베이는 자신의 이성으로, 혹은 신학으로 이 문제를 해결하지 못하고, 극심한 정신적 고통에 빠진다. 그는 신을 찾아 세상을 떠돌며 고명한 수도원에서 수도하기도 하고, 떠돌이 순례자를 만나 대화를 나누는가 하면, 최하층 민중들과 어울리기도 하고, 이교도의 종교 행위를 관찰하기도 한다. 그가 만난 사람들은 그에게 온갖 다양한 사상을 불어넣으려고 한다. 인민주의자나 개인주의자, 마르크스주의자와 자유주의자, 신비적 종교주의자에 이르기까지 수많은 인물들이 저마다 삶과 신의 의미를 제각각 서로 다르게 제시하는 것이다. 그러나 마트베이는 그 어디에서도 만족스런 답을 듣지 못한다. 아니 그 누구도 그처럼 신에 대한 문제를 고민하며 살아가고 있지 않았다. 그렇다면 신이란 애당초 존재하지 않는 것 아닌가? 마트베이는 순례자 이오나에게서 하나의 개별적인 인간이 아니라 집합으로서의 인간, 민중의 힘이 바로 신을 창조해낼 수 있다는 설교를 듣는다.

"건신자는 바로 민중이지! 이 세상에 수없이 살고 있는 민중 말일세. 이 위대한 수난자들은 교회에서 칭송하는 성자들보다 더 위대하지. 이게 바로 기적을 행하는 신이지! 민중은 불멸이야. 나는 민중의 영혼을 믿고 민중의 힘에 따른다네. 민중은 단 하나의 의심할 여지가 없는 생명의 근원이야. 민중이야말로 과거와 미래의 모든 신들의 아버지라네."(9, 342)

그러나 마트베이가 만나는 민중은 빈곤에 시달리고, 몸과 정신은 더럽혀진 상태이며, 단돈 한 푼에도 영혼을 파는 존재에 불과하다. 그런 민중 어디에서 신의 요소가 존재한단 말인가. 마트베이는 이오나 순례자를 미치광이의 헛소리 정도로 생각하며 그와 논쟁한다. 이오나는 러시아와 세계 역사 속의 민중의 역할을 설명하고, 세상 모든 것이 민중의 집단적 힘에 의해 만들어졌고, 그리스도마저도 민중이 만들어낸 것이라고 역설한다. 이오나의 논리에 한편 커다란 감동을 느끼면서, 다른 한편 깊은 의혹을 거두지 못하는 마트베이는 마침내 민중이 하나의 열망으로 단결하여 일어서지도 못하는 한 처녀를 일으켜 세우는 기적을 목격하고 감동한다.

카잔 주에서 나는 심장에 마지막 일격을 체험했다. 내 영혼의 사원을 완성시킨 일격이었다.

그것은 세미오죠르나야 수도원에서 기적의 성모상 행진

중에 일어났다. 그날 모두들 성모상이 시내를 돌고 수도원으로 돌아오는 것을 기다리고 있었다. 장엄한 축제날이었다.

나는 호숫가 언덕 위에 올라 지켜보고 있었다. 사방에 사람들이 넘칠 듯 가득했다. 사람들은 수도원 문을 향해 검은 파도가 되어 몰려가며 수도원 벽에 부딪히고 밀려나고 했다. 태양은 기울고 가을 햇빛은 붉게 빛났다. 종은 제 노랫소리를 따라 날아가려는 새처럼 지저귀고 있었다. 여기저기 모자를 벗은 사람들 머리가 햇빛을 받아 양귀비처럼 붉게 반사되었다.

모두들 수도원 문 옆에서 기적을 기다리고 있었다. 작은 짐수레 위에 어린 소녀가 미동도 없이 누워있었다. 얼굴은 하얀 밀랍처럼 굳어 있었다. 잿빛 눈은 반쯤 뜬 상태였고 생명이라곤 가볍게 떨리는 긴 속눈썹에만 담겨 있는 듯 했다.

(……)

숱한 눈들이 먼 곳을 바라보고 있었다. 따뜻하고 진한 속삭임이 내 주위를 감싸 돌았다.

"온다, 오고 있어!"

사람들의 무리가 검푸른 파도처럼 서서히 묵직한 움직임으로 언덕 위로 올라오고 있었다. 교회 깃발의 황금 무늬가 선명한 불꽃 다발을 번쩍이며 붉은 거품처럼 그들 위로 타오르고 있었다. 흐르듯 흔들리며 유영하는 성모상은 햇빛을 받아 불타는 새처럼 붉게 타올랐다.

군중은 한 몸이 되어 강렬하게 숨을 내쉬었다. 수천의 목소리가 한 목소리로 노래하기 시작한 것이다.

"성모 마리아여, 우리를 지켜 주시옵고……"

(……)

푸른 숲속에 자리 잡은 호수는 밝게 미소 짓고 붉은 태양은 숲 너머로 가라앉으며 호수를 적시고 청동의 종소리는 맑게 울려 퍼져 갔다. 주위에는 간절한 애원의 표정들과 속삭이는 기도 소리, 눈물에 젖은 눈동자, 성호를 긋는 손뿐이었다.

(……)

사람들은 마치 한 몸처럼 다가오고 있었다. 그들은 서로 바짝 붙어서 손을 잡고 갈 길이 멀고도 멀지만 지금 당장 그 끝까지 가고야 말겠다는 듯 빠르게 걷고 있었다.

내 마음에 알 수 없는 불안이, 위대한 전율이 전해왔다. 이오나의 위대한 말씀이 번개처럼 기억 속에 피어올랐던 것이다. "민중은 건신자다!"

나는 벌떡 자리를 박차고 언덕 위에서부터 구르듯 내려가 다가오는 군중 속으로 몸을 던졌다. 그리고 온 마음을 다해 노래를 부르기 시작했다.

"기뻐하라, 전능한 성모의 은덕을 받으리니!"

사람들이 나를 붙잡고 끌어안았다. 나도 그들과 하나가되어 수많은 뜨거운 숨결속에 녹아들어 흘러갔다. 발밑에 대지도 느껴지지 않았고 나라는 존재도 느껴지지 않았고 시간도 느껴지지 않았다. 오직 기쁨만이, 하늘처럼 광대한 기쁨만이 있었다. 나는 활활 타오르는 불덩이 같은 뜨거운 믿음으로 가득 찼다. 나는 이들 모두와 함께 비상하며 누구와도 다르지 않고 주변의 모두와 같이 위대한 존재였다.

(……)

위대한 깨어남이었다. 사람들이 짐수레를 흔들어 대자 소녀의 머리가 힘없이 흔들거렸고 커다란 두 눈이 두려움의 시선을 던지고 있었다. 수십의 눈들이 빛처럼 병든 소녀에게 쏟아졌다. 환자가 병상에서 일어나는 모습을 보아야겠다는 절대적인 염원으로 인해 생명의 힘을 얻은 수많은 힘들이 그녀의 쇠약한 몸에 전달되고 있었다. 나도 그녀의 눈 깊은 곳을 바라보며 그 모두와 함께 그녀가 일어나기를 간절히 염원했다. 그것은 그녀를 위해서도, 나 자신을 위해서도 아니고 그 무언가를 위해서였다. 그것은 나도 그녀도 그 앞에서라면 불길 속으로 들어간 새의 깃털에 지나지 않을 그 무언가였다.

(……)

장밋빛 기운이 그녀의 죽은 듯한 얼굴에 타오르기 시작했다. 놀라움과 기쁨에 찬 두 눈을 점점 더 크게 뜨더니 그녀는 천천히 어깨를 움직거리고 떨리는 손을 시키는 대로 온순하게 사람들 앞으로 들어 올렸다. 그녀의 입이 열렸다. 그녀의 모습은 마치 둥지를 떠나 처음으로 날아오르는 작은 새와 같았다.(9, 385-388)

마트베이는 이처럼 종교적 기적을 민중과 함께 체험하면서 이오나 순례자가 말한 민중의 힘을 깨닫는다. 사회주의를 종교적으로 신앙처럼 수용하고자 하는 건신주의가 신앙의 뿌리가 깊은 민중에게 효과적으로 사회주의를 전파할 수 있는 수단이 될 수 있다는 점을 인정한다고 하더라도, 『고백』의 마지막 이 장면, 즉 민중의 집단적 영혼의 힘이 불구인 처녀를 일으켜 세운다는 것은 아무래도 너무 지나친 종교화가 아닐 수 없다. 파벨과 같은 혁명가 상을 그린 작가가 채 이 년도 되지 않은 시기에 어떻게 이런 형이상학적이고 관념적인 민중상을 그려낸단 말인가. 이렇게 기적을 행하는 '인간-신으로서의 민중'은 너무 비현실적이지 않은가. '집단으로서의 민중-신'이라는 형상은 집단으로서의 인간을 넘어서, 즉 이데올로기화된 인간을 넘어 거의 종교화된, 더욱 심하게 말해, 광신도적인 설교가 아니라고 말할 수 있을까.[15]

건신주의는 1905년 일차 혁명 이후 의기소침해진 지식인들이 어떻게든 다시 민중을 조직하고 그 힘을 고취하고자 하는 조급한 반발의 소산이기도 하다. 즉 어떻게 하면 더 많은 민중이 사회주의 혁명으로 한 몸이 되어 나아갈 수 있을까, 민중들이 사회주의를 마치 종교처럼 받아들인다면 혁명은 그야말로 자동적으로 주어지는 것 아닌가 하는 심리가 건신주의에 투영되어 있는 것이다. 그러나 다른 한편 보그다노프의 논리처럼, 건신주의는 당시 지나치게 계급론의 객체로만 취급되던

15 이런 점에서 고리키의 건신주의는 메레지콥스키나 베르쟈예프 등 20세기 초 러시아 지식인들 사이에 유행한, 러시아의 미래를 종교적 구원에서 찾고자 하는 구신주의와 구별된다.

민중의 의식화 과정, 그들 의식의 조직화 과정에 관심을 촉구하는 것이기도 하다. 비록 종교라는 관념론적 요소로 지나치게 기울고 있지만, 사실 민중의 삶과 의식은 경제적, 계급적 요소뿐만 아니라 문화와 삶의 다면적인 측면에 접해 있다. 그들의 삶과 문화 모두가 계급론으로 환원되어 단순하게 처리될 수 있는 것만은 아니다. 그런 점에서 건신주의가 20세기 초 집단으로서의 인간을 추구하면서도 인간의식의 조직화 과정 자체에 관심을 돌리고 있다는, 일말의 긍정성을 지니고 있다는 점까지 부정할 수는 없을 것이다.

비록 선언적으로는 건신주의를 포기하였지만, 고리키의 삶과 창작과정에서 건신주의적 경향은 깊은 흔적을 남긴다. 건신주의는 고리키의 인간주의가 이념적 계급적 집단적 인간주의로 나아가는 과정에 개입하여 그 과정을 동요하게 만들고 다시 돌아보게 만들었다. 과연 인간은 집단적 계급적 인간으로 완성되는 것인가? 그때 개인으로서의 인간은 어떻게 되는가? 그 사이에 모순과 불일치는 없는가? 이런 문제들은 고리키 후기 작품에도 지속적으로 살아남아 그의 작품이 더욱 풍부하고 깊게 인간을 탐구해갈 수 있게 만들어준다.

민족문화와 계몽

민족문화 논쟁

1906년 이후 유럽과 미국을 거쳐 이탈리아에 망명 중이던 고리키는 1913년 말 전쟁을 앞둔 정부가 국민통합을 위해 실시한 대대적인 사면을 받아 러시아로 귀국할 수 있었다. 귀국한 고리키의 눈에 비친 러시아 지식인 사회는 신슬라브주의적 민족주의 경향에 휩싸인, 매우 우려스러운 것이었다.

정부는 일차 세계대전에 참전하면서 전 국가적 동원 체제를 구축하기 위해 '전제주의-정교-민중'이라는 고전적인 관제 이데올로기를 부활시키기 위해 노력했고, 그것은 '위대한 러시아'라는 개념으로 집약되었다. '위대한 러시아'론은 1907년 당시 수상이었던 스톨리핀이 사회변화를 꾀하려는 혁명가들을 비난하면서, '그들(혁명가들)에게는 위대한 격변이 필요하겠지만 우리에겐 위대한 러시아가 필요하다'라고 말한 것에서 유래한다. 이 이념은 세계사 속에서의 러시아의 사명과 역할을 내세웠던 스트루베의 『위대한 러시아』라는 세 권의 저작을 통해 1910년대에 널리 유포되었다. 반면 정부의 개혁정책과 경제발전 전략, 그와 아울러 강력한 통제정책에 의해 혁명 진영의 토대는 현저하게 약화된 상태였다.

이러한 사상적 분위기 속에서 러시아 지식인들은 1905년 혁명기에 고조되었던 개혁적 열정과 분위기를 잃어버리고, 무비판적인 체제 옹호와 다양한 종교적, 반동적 이념들을 기웃거리고 있었다. 그 가운데 특히 러시아의 역사적 운명에 대한 종교적 민족주의는 전쟁으로 촉발된 애국적 시류에 편승해 당시 가장 인기 있는 대중적 이념으로 떠올랐다. 스트루베와 뱌체슬라브 이바노프, 트루베츠코이, 베르쟈예프, 로자노프 등등, 논문집 『베히』를 주도했던 지식인들이 이제 『러시아 사상』지를 통해 '위대한 러시아'와 '성스러운 루시', '동양으로부터의 빛' 등과 같은 종교적 민족주의 이념을 다양하게 전파해나갔다. 이들의 논리는 대체로 종교적 휴머니즘과 제3로마설에 기초한 러시아 정교의 메시아주의, 슬라브 민족주의 등으로 요약된다. 이들은 러시아의 세계사적 사명과 역할이라는 명분 아래 러시아의 전쟁 참여를 광적으로 지지하거나 동조하고 나섰다.

러시아 사회민주당의 혁명 이념에 공감할 뿐만 아니라 문화 계몽운동의 필요성을 절감하고 있던 고리키에게 러시아 민족의 '위대한 사명' 운운하는 논리는 러시아 민중의 지적 상태를 더욱 타락시킬 수 있는 유해한 경향으로 보였다. 무엇보다도 러시아 민중의 합리주의적 이성과 민주주의적 투쟁이 요구되는 시점에 러시아 민족의 종교적 초월적 정신을 강조하고 러시아의 고유한 선민적 운명을 주장하는 것은 세계의 보편적 사회발전으로부터 러시아를 격리시키는 반동적 논리에 불과

했다. 고리키는 1915년 12월 『연대기』지에 「두 영혼」이라는 글을 발표하면서 이런 분위기에 대한 분노와 저항을 표명한다.

> 파국이, 세계가 아직 결코 체험하지 못했던 그런 파국이, 고대 동양의 그 생명을 다한, 그리고 이성과 의지를 억압하는 환영이라는 음울한 유산, 다시 말하면 삶에 대한 절망적 태도라는 토양에서 불가피하게 발생하는, 미신과 같은 신비주의, 페시미즘, 아나키즘으로부터 개인을 해방시키기 위해 노력했고 지금도 노력하고 있는 그런 정신적 에너지를 가지고 있던 유럽 종족의 삶을 뒤흔들고 파괴하고 있다. (Pro et contra, 95)

문화의 파멸과 이성의 상실, 바로 이것이 일차 세계대전에 휘말린 당시 유럽과 러시아에 대해 고리키가 느낀 위기의식이었다.

고리키는 「두 영혼」에서 인류의 지적 경향을 동양과 서양으로 양분하고, 동양을 '비이성적 신비주의에 기초한 음울한 노예적 사상의 진원지'로, 서양을 '이성과 행위에 기초한 창조적 인류 문화의 진원지'로 규정한다. 동양은 "지성, 이성보다 감정, 정서의 단초가 우세한 지역으로 탐구보다 사변을, 과학적 가설보다 형이상학적 독단을 선호"하며 동양인은 "자기 환상의 노예이고 종복"이다. 그에 반해 서양인은 "자기 사상의 주인이자 영도자"로서 자연의 힘을 탐구하고 지배하며 독단과 미신, 편견 등을 이성적으로 극복해나간 문명의 역사를 가지고 있다. 이러한 정신문화의 차이는 이성에 입각한 인간의 주체적 행동과 관련하여 상반된 결과를 낳는다. 고리키는 노자의 무위 사상을 대표적인 예로 들면서 동양의 금욕주의와 현실 부정, 신비적 종교주의를 부정적 가치로 규정하고, 서양의 이성적 행동과 과학적 사고, 노동을 통한 자유와 평등의 추구 등을 긍정적 가치로 평가한다.

고리키에게 동서양의 정신문화는 고립적으로 각각 존재하는 것은 아니다. 동양의 부정적 경향은 서양에서도 다양하게 변주된다. 예를 들어 서양의 낭만주의는 18세기 계몽주의가 구축한 이성과 계몽이라는 가치를 개인의 과도한 자의성과 몽상으로 대체해버린다. 낭만주의는 개인의 자유와 의지를 과도하게 높이 평가함으로써 개인과 세계의 불일치를 초래하고 결과적으로 개인을 절망적인 상태로 인식한다. 낭만주의는 그 출구를 동양정신에서, 즉 동양의 종교성과 환상성에서 찾고자 한다. 고리키는 낭만주의를 질병으로 부른 괴테와 정치적 반동으로 보는 요한 쉐르의 견해를 인용하며, 낭만주의와 동양의 친연성을 폭로한다. 개인의 절대 자유를 옹호한 쉴레겔이 메테르니히 반동 정권에 봉사했던 것은 낭만주의의 반동성을 증명하는 중요한 사례로 적시된다. 물론 쉴러와 바이런, 위고와 같은 사회적 낭만주의는 그런 부정적 낭만주의와 구별되는 긍정적 사례로서 고리키에게 예외로 여겨진다. 19세기 초 나폴레옹의 전제주의와 그 뒤를 잇는 신성동맹의 반동 역시 서유럽 역사에서 이성을 억압하고 민중의 해방을 두려워하는 동양의 영향과 관련된다.

아울러 고리키가 보건대 러시아인에게는 동양의 영혼과 더불어 슬라브인의 영혼이 병존한다.

> 우리 러시아인들에게는 두 개의 영혼이 존재한다. 하나는 몽골 유목민, 몽상가, 신비주의자, 게으름뱅이로부터 온 영혼이다. 그는 '운명은 모든 인생사의 심판관', '그대는 지상에 군림하지만, 운명은 네 위에 군림한다.', '운명에 거스르지 말라'고 확신하는 영혼이다. 반면 이 무력한 영혼과 나란히 슬라브인의 영혼이 살고 있다. 그는 아름답고 선명하게 피어오를 수 있지만 오래 타오르지 못하고 쉬 꺼져버린다.
>
> (……)
>
> 러시아인의 잔혹한 기질과 광신적 행동, 신비주의적-아나키즘적 분파와 자학파, 무승종도파, 순례교도의 횡행은 동양의 영향으로 비롯된 것으로 전체적으로 러시아 문화의 '삶으로부터의 도주'를 증폭하고 있다. 동양은 러시아에서 다른 어느 나라보다 강력하게 영향을 미치고 있다.
>
> (……)
>
> 노예들에 대한 잔혹함과 군주 앞에서의 노예 같은 비굴함은 우리 귀족의 속성인바 그것은 동양으로부터 온 것이다.

> 그것은 우리의 모든 계층에게 전형적인 '오블로모프주의'이다. 무수한 '잉여적 사람들', 온갖 방랑자, 떠돌이, 연미복을 입은 오네긴들, 누더기를 걸친 오네긴들, 지위 상승 욕구에 얽매이는 사람들 등등, 이런 것은 러시아 생태의 가장 특징적 현상 중 하나로서 역시 동양에서 온 것이고, 삶으로부터, 일과 사람들로부터 도주하는 것과 하나도 다를 바가 없다. (Pro et contra, 103, 104, 106)

이와 같은 동서 대립의 논리는 러시아 지성사의 전통적인 서구주의와 슬라브주의의 대립을 반복하고 있는, 그것도 아주 조악하고 단순하게 변주하고 있는 것으로 특별히 새로울 것도 없고, 크게 놀랄 일도 아니다. 「두 영혼」에 나타난 고리키의 논리는 그 단순한 이분법만 제외한다면, 내용적으로 러시아의 전통적인 서구주의와 슬라브주의의 논리를 답습하는 것이다. 그러나 이런 논리는 그 진리성 여부를 떠나 우선 동양의 독자에게 다소 섬뜩한 것이 아닐 수 없다. 알다시피 사회주의 문학가로 널리 이름을 알린 고리키에게서 동양에 대한 모욕적인 편견을 발견한다는 것은 결코 유쾌할 수 없는 일이다. 물론 이것은 유럽 문화 속에 광범위하게 유포된 동양에 대한 무지와 편견의 자연스러운 수용, 즉 서양의 오리엔탈리즘의 영향이라고 볼 수도 있다.[16] 하지만 그런 피할 수 없는 문화적 영

16 그와 같은 편견이 서양에서 역사적으로 얼마나 뿌리가 깊은지, 심지어 빅토르 위고와 탄테,

향이야 그렇다 하더라도 고리키는 왜 이렇게 무지할 정도로 극단적인 대비를 감행하면서 공개적으로 이런 글을 발표한 것일까?

사실 고리키의 정치평론이나 문화시평은 그 체계성이나 문체에서 매우 거칠고 단순하며 과장되어 있다는 평가가 일반적이다. 정론에 드러나는 고리키와 예술작품을 통해 드러나는 작가로서의 고리키가 매우 상이하다는 것이다. 이런 점을 고려하면 오늘날 고리키의 「두 영혼」에서 주목할 것은 그 내적 논리적 체계 자체보다 그 발화의 맥락일 것이다. 즉 동양과 서양을 대립시키고 있는 논리적 근거나 타당성 여부보다 왜 어떤 맥락에서 이런 발언을 하지 않을 수밖에 없었는가에 더욱 주목할 필요가 있다.

「두 영혼」은 발표되자마자 당연히 예민한 반응을 불러일으킨다. "대체 어디서 그런 생각을 가져온 것인지 이해하기조차 힘들다."며 친구였던 안드레예프조차 "러시아 민중에 대해서라면 뭐든지 헐뜯으려 하고 원한에 사로잡혀 너무나 어리석은 중상모략을"[17]하고 있다고 비난한다. 그러나 이런 즉각적인 반발보다 고리키의 정신세계에 대한 전반적인 이해를 통한 비

칼 마르크스에 이르기까지 얼마나 광범위하게 영향을 미치고 있는지에 대해 에드워드 사이드의 『오리엔탈리즘』(사이드 에드워드, 박홍규 역, 교보문고, 1991, pp. 13-15)을 참조.

17 Русская литература рубежа веков (1890-е – начало 1920-х годов), Кн. 1, М., ИМЛИ РАН, 2000, p. 534.

판은 세계관과 정치적 입장의 정 반대편에 위치해 있었던 메레지콥스키와 베르쟈예프로부터 나온다.

『베히』의 주요 이론가이자 종교철학자 베르쟈예프는 「러시아의 영혼」(1911)과 일련의 논문을 통해 러시아와 유럽의 종교적 결합을 통한 러시아 민족의 세계화를 주장하고 있었다. 그가 보기에 러시아의 자연과 민중은 여성적 순종성이라는 특징을 가지고 있어, 서양 부르주아처럼 국가 권력을 탐하지 않으며 무정부주의적으로 살아가기를 좋아한다. 그러나 반면 러시아 민중은 세계사에서 유례가 없을 정도의 강력한 국가를 지지하며, 그를 위해 온 힘을 바쳐왔다. 국가적 규모에서는 매우 남성적 용기를 표현하고 있었던 셈이다. 또한 러시아 민중은 전통적으로 공격적 민족주의와는 거리가 멀지만, 서구화 과정에서는 극단적인 민족주의적 양상을 보여준다. 베르쟈예프가 보기에 러시아가 이렇게 수수께끼 같은 모순성을 가지고 있는 것은 "여성성과 남성성"[18]의 엇갈린 결합 때문이다. 러시아의 여성성은 수동적으로 신랑을 기다리기만 하고, 남성성은 외부로부터, 서유럽으로부터만 주입되었다는 것이다. 베르쟈예프는 이러한 엇갈린 결합에서 벗어나 새로운 러시아를 만들어갈 용감한, 새로운 남성성이 러시아 자체에 존재하고 있음을 각성해야 한다고 주장한다. 그리고 "현재의 세계 전쟁이 러시아

---

18 Бердяев Н. А., Судьба России, Самосознание, Ростов н/Д., Феникс, 1997, p. 20.

를 이 출구 없는 원환으로부터 끌어내 그 남성적 정신을 일깨우고, 세계에 러시아의 남성적 면모를 보여줄 것이며, 유럽적 동양과 유럽적 서양의 정당한 내적 관계를 확립하도록 할 것"[19]이라고 확신한다.

베르쟈예프의 논리는 러시아 슬라브 민족주의와 국가주의, 그리고 종교를 노골적으로, 그러면서도 교묘하게 결합하고 있다. 베르쟈예프가 고리키의 '유치한 서구주의'를 비판하며 러시아의 종교성(동양성을 반영하는), 러시아 민족의 선민의식, 기독교 문명의 우월성을 주장하는 것은 결국 전쟁의 동원 체제를 옹호하고 독려함으로써 전제 정권의 당면한 목적에 부응하는 것이 아닐 수 없다. 대표적인 러시아 지성이라고 말할 수 있는 베르쟈예프조차 추상적인 민족 우월주의와 종교적 구원주의를 통해 전시 애국주의를 노골적으로 부추겼던 것이다. 이런 점에서 베르쟈예프는 고리키가 「두 영혼」에서 왜 그렇게 강력하게 러시아의 민족성과 민족주의, 동양성을 비난하고 나설 수밖에 없었는지를 반증해주는 셈이다.

이런 입장을 가진 베르쟈예프는 「아시아적 영혼과 유럽적 영혼」(1915)에서 고리키의 동양과 서양 양분법은 슬라브주의와 서구주의라는 러시아의 오래된 대립적 전통을, 그것도 아주 조악한 형태로 보여주는 것일 뿐, 결코 새로울 것이 없다고

19 위의 책, p. 21.

비판한다. 고리키가 동양의 고대 문화와 현대의 다양한 변화 양상을 구분하지 못하고, 서양에 대해서는 아주 초보적인 이해에 머물러 있다는 것이다. 그가 보기에 러시아를 부정하고 동양을 부정하고 서양을 절대화하는 것, 즉 극단적인 서구주의 그 자체가 바로 "아주 러시아적인, 동양적이고 아시아적인 현상"[20]이다. "고리키는 전형적인 러시아 지식인으로 유럽 과학을 지나치게 러시아적으로 수용하고, 그에 대해 서양적으로가 아니라 동양적으로 경배를 올린다. 그러나 그 과학을 창조한 자들은 결코 그렇게 경배하는 법이 없다."[21] 다시 말해 동양은 인류 문화의 정신적 종교적 보고인 바, 유럽인들은 그것을 소중히 수용하여 자기화하는데 반해 아시아적 러시아 지식인들은 왜곡된 서구주의에 입각하여 동양을 극단적으로 부정하기에 급급하다. 베르쟈예프는 러시아의 민족적 독자성은 서양에 대한 우상 숭배적 태도를 버리고, 문화적 자기 가치를 이해하고 발전시킴으로써 현현될 것이며, 당연히 그것은 유럽의 창조적 능동성에 의존함으로써 가능하다고 주장한다.

고리키를 불온시하던 정부와 관변 언론의 공격은 차치하더라도 베르쟈예프와 같은 대표적인 종교적 지식인마저 고리키의 「두 영혼」에 대해 민감하게 반응하며 비판적 자세를 취했

20 위의 책, p. 55.

21 위의 책, p. 57.

던 것은, 앞서 말한 바와 같이, 「두 영혼」의 논리와 철학 체계 자체의 문제보다 그 결론적 입장, 즉 일차 세계대전에의 참여와 애국주의에 대한 입장의 차이 때문이었다. 고리키가 「두 영혼」을 통해 왜 그렇게까지 러시아의 나태함과 페시미즘, '아시아적 무위'를 극단적으로 격렬하게 비판하지 않을 수 없었는지, 그 사회정치적 맥락을 알 수 있는 부분이다. 동양과 서양에 대한 극단적 대립이라는 이분법에 대해서는 그 편협함을 누구라도 쉽게 지적할 수 있을 것이지만, "우리는 역사가 정직하고 이성적인 러시아인들에게 그들이 자조적이고 전면적으로 탐구하고, 두려움 없이 비판하기를 준엄하게 요구하고 있다."(Pro et contra, 105)거나, "신비주의와 낭만주의적 환상으로의 전환은 (……) 신생의 민주주의를 거부하고 파탄내고 무력화하는 것이며, (……) 현실에 대한 수동적 태도, 이성과 탐구와 과학의 힘에 대한 의혹을 증폭시키며, 민주주의에서 강력하고 아름다운 개인을 양육해낼 수 있는 새로운 집단주의 심리의 성장을 지체시키고자 한다."(Pro et contra, 106)는 고리키의 비판과 호소가 러시아의 당대 정치 상황에서 무엇을 염두에 두고 무엇을 촉구하고 있는지에 대한 그 의도와 정당성마저 부인하기는 어려울 것이다.

메레지콥스키는 베르쟈예프와는 조금 다른 논지를 보여준다. 「성 루시가 아니다」(1916)에서 세계 문명의 역사를 동양과 서양으로 대립시키는 고리키의 '철학적 무지함'과 '어린아이 같은 조악한 단순함'을 지적하면서, 그러나 그것은 전쟁이라는 세계 문명의 파국을 앞에 두고 러시아를 구하고자 하는 고리키의 충정에서 비롯된 것이라고 십분 이해를 표한다. 그러나 그는 러시아의 동양성, 아시아성에 대한 고리키의 인식에 대해서는 전혀 공감하지 않는다. 그는 종교는 물론이고 모든 과학적 체계조차 동양에서 태어나 서양에서 성숙한 것으로, 종교적인 면에서도 서양이 오히려 더 종교적이라고 말한다. 또한 종교가 위험한 것이라 하더라도 종교 없이 존재할 수는 없을 것이라면서, 고리키의 동양의 종교성 비판을 반박한다. 고리키가 두려워하고 있는 전쟁의 파국은 동양이 아니라 서양이, '종교 없는 과학', '사악하고 아둔한 이성'이 저지르고 있는 '끔찍하고 혐오스러운 것'이다.(Pro et contra, 854)

메레지콥스키는 오히려 고리키 자신에게 '두 영혼'이 존재하고 있음을, 즉 동양적 정신과 서양적 정신이 모순적으로 결합되어 있음을 날카롭게 지적한다. 고리키는 「두 영혼」에서 종교성과 동양적 정신, 러시아적 영혼에 대해 매우 부정적으로 말하지만 정작 그의 작품세계에서는 러시아적 영혼과 동양적 영혼을 놀랄 만큼 빼어나게 그려내고 있다는 것이다. 이를테면, 메레지콥스키는 자전적 삼부작 중 『어린시절』에서 언제나 참고 인내하며 세상을 신의 축복으로 여기고, 자연과 인생을 낙천적으로 바라보는 외할머니는 종교적인 동양적 형상으로, 잔혹하고 폭력적이며 가부장적 권위를 지키려는 외할아버지는 서양적 형상으로 분석하면서, 이 두 형상이 고리키 의식 속에 모순적으로 혼재하고 있다고 말한다.

> 외할머니는 러시아를 가리키지만, 그렇다고 모든 러시아를 가리키는 것은 아니다. 러시아에는 '두 영혼'이 존재하기 때문이다. (……) 러시아의 한 영혼은 외할머니이고 다른 또 한 영혼은 외할아버지이다. (……) 외할머니는 지극히 아름답지만, 외할아버지는 불구다. 외할머니에게 선량한 신, '모든 살아있는 것의 너무나 다정한 친구'가 있지만, 외할아버지에게는 신이 없고 악마가 있을 뿐이다. (……) 하지만 고리키는 외할머니에게 전적인 진실이 있는 것은 아니라는 사실, 외할아버지에게도 나름의 진실, 그 영원한, '끔찍하게도 진실인, 끔찍하게도 러시아적인' 진실이 있다는 것을 알고 있다. (……) 외할머니는 러시아를 측량하기 어려운 것으로 만들고 외할아버지는 러시아를 측량 가능한 것으로 만들어 어쩌면 그 무시무시한 주먹 속에 움켜쥐고 있다고 말할 수 있다. 그러나 외할아버지가 없는 러시아는 밀가루 반죽이 발효되듯 부풀어 올라 터져버릴지도 모른다. (……) 외할머니가 러시아, 동양을 향한 구 러시아라면, 외할아버지는 러시아, 서양을 향한 새로운 러시아다.(Pro et contra, 850–851)

메레지콥스키는 운율적일 정도로 멋지게, 그러나 고리키 못지않은 극단적인 이분법으로 외할아버지와 외할머니를 서양과 동양의 형상으로 대비하고 있다. 그리고 고리키가 「두 영혼」에서는 바로 그 외할머니를 잊어버리고 외할아버지의 영혼에 극단적으로 경도되어 있다고 말한다. 파국적 전쟁을 앞에 두고 어떻게든 러시아의 미래를 지켜야 한다는 의도가 극단적인 이분법에 빠지도록 만들었다는 것이다. 그러나 그는 고리키가 아무도 보지 못한 러시아의 외할아버지적 영혼을 냉엄하게 바라보고 있다는 점을 높이 평가하며, 고리키에게서 러시아의 미래를 볼 수 있다는 뜻밖의 예언적 결론으로 다가간다.

> 외할머니의 진실이 '성 루시'로서 쉽게 이해할 수 있고 밝은 빛이 흘러나오는 진실이라면, 외할아버지의 진실은 성스럽지 않은 루시로서 그것을 쉽게 이해하기는 힘들다. 그것은 야수의 면모를 뚫고 희미하게 그 빛을 드러내고 있기 때문이다. 톨스토이도 도스토옙스키도 일방적으로, 그 바깥으로부터 보았기 때문에 그것을 이해하지는 못했다. 고리키는 그것을 바로 그 내부로부터 볼 수 있었기 때문에 그것을 이해할 수 있었던 것이다.(Pro et contra, 851)

메레지콥스키의 견해는 다소 극적인 반전을 이룬다. 러시아에는 동양적 영혼과 서양적 영혼이 혼재해 있고 그 어느 한쪽만으로는 구원을 얻을 수 없다. 그리고 고리키에게도 러시아와 마찬가지로 두 영혼이 살고 있다. 비록 「두 영혼」에서 러시아의 동양성을 제거하고 서양성을 획득하는 것만이 러시아의 미래를 보장한다고 주장하지만, 기실 그것은 『어린시절』의 외할아버지의 영혼에 대한 놀라운 이해를 담아내고 있다는 것이다. 메레지콥스키는 이렇게 고리키의 실제 영혼을 모순적으로 이해함으로써, 고리키가 톨스토이와 도스토옙스키보다 뛰어나게 러시아를 이해하고 있다고 단정한다. 러시아와 러시아인에 대해 저주와도 같은 비난을 퍼부은 고리키를 오히려 러시아에 대해 빼어나게 이해하고 있다고 역설적으로 해명하면서, 고리키야말로 러시아의 미래라고 상찬하는 것이다.

> 톨스토이와 도스토옙스키를 따르자면 '온순', '인내', '무위'가 러시아적인 것이지만, 고리키를 따르자면 '격정', '봉기', '행동'이 '끔찍하게도 진실인, 끔찍하게도 러시아적인 것'이 된다. 만일 러시아가 어딘가에서 왔을 뿐만 아니라 어딘가로 가야만 한다면, 그 경우 고리키가 톨스토이와 도스토옙스키보다 더 옳다. 이 점에서 러시아는 '성스러운'보다 더 성스러운, 죄 많은 러시아다. 성스러운 러시아보다 죄 많은 러시아를 사랑하기 위해 더 큰 사랑이 필요한 것 아닐까? 죄 많은 러시아를 믿기 위해 더 큰 믿음이 필요한 것 아닐까? 바로 그런 사랑과 그런 믿음을 고리키는 가지고 있다. (……) 그렇다. 성스러운, 온순한, 노예적인 러시아가 아니라 죄 많은, 봉기하는, 해방되어가는 러시아를 고리키는 믿

> 고 있다. 그는 '성 루시'란 없다는 것을 알고 있다. 그러나 성스러운 러시아가 도래하리라는 것을 믿고 있다. 바로 이런 믿음을 가지고 그는 '신이 없는' 신의 일을 행하고 있다. 그런 점에서 그는 톨스토이와 도스토옙스키보다 우리에게 더욱 가깝다. 이제 우리는 톨스토이와 도스토옙스키가 아니라 고리키와 함께 있다.(Pro et contra, 854-856)

고리키가 '두 영혼'을 가지고 있고, 그 두 영혼 중 때로 하나의 영혼이 극단적으로 드러나지만, 궁극적으로 고리키에게는 두 영혼이 모순적으로 공존한다, 따라서 러시아가 새로운 미래의 러시아로 나가기 위해서는 도스토옙스키도 아니고 톨스토이도 아닌 고리키의 길을 따라가야 할 것이라는 메레지콥스키의 주장은 여러모로 흥미로우면서도 다소 의외의 논지가 아닐 수 없다. 러시아의 종교적 구원을 주장하던, 문학적 이력에서도 고리키와 거의 상반된 길을 걸어왔던 사람의 글이라고 쉽게 수긍이 가지 않기 때문이다. 아마도 메레지콥스키는 논리 체계 자체를 세세히 분석할 가치는 없지만, 고리키를 어떻게든 자신의 이념적 자장 안으로 끌어들이고 싶었던 모양이다. 고리키의 외할머니와 외할아버지에 대한 형상 대비는 문학적으로 상당히 시사적인 측면을 가지고 있지만, 과연 그렇게 단순한 이분법을 적용할 수 있는지, 고리키가 메레지콥스키의 희망처럼 종교적 구원을 위한 새로운 러시아를 위해 그와 함께 나아갈 것인지에 대해서는 의문을 갖지 않을 수 없다.

전쟁이 몰고 온 애국주의 경향과 새로운 러시아, 위대한 러시아론으로 촉발된 러시아 운명에 대한 논쟁은 고리키의 「두 영혼」을 기점으로 서로 다른 사상적 경향을 뚜렷하게 드러냈다.

고리키의 '두 영혼'

『두 영혼』은 러시아성을 종교적 민족주의 이데올로기로 왜곡하는 경향들에 대해 격렬하게 반박하기 위해 다소 거친 논리를 동원하고 있다. 이러한 논리 구조가 작가 고리키에게 일관되게 나타나는 것은 아니다. 러시아의 동양적 운명과 서양적 운명을 대비하고, 서양적 운명, 즉 이성과 과학의 문명을 수용해야 한다는 논리, 이를 위해 러시아의 동양적 성격을 과도하게 비난하고 단순화하는 논리는 문학 세계에서는 전혀 다른 양상으로 나타나곤 하는 것이다.

추콥스키는 『막심 고리키의 두 영혼』이라는 소책자에서 러시아에 두 영혼이 있다면, 고리키에게도 두 영혼이 존재한다고 말한다. 그는 사상가로서의 고리키와 예술가로서의 고리키 사이에 분명한 차이가 있다고 전제하고, 진정한 고리키의 모습은 예술작품에서 찾아야 한다고 말한다. 고리키가 어떤 과학적 논리적 이념을 가지고 창작할 때에도 그의 예술가적 본능은 그에 쉽사리 부응하지 못한다는 것이다.

> 그의 창작은 본능적이다. 그의 힘은 형상들의 풍부한 알록달록함에 있다. (……) 자신의 시적 힘을 순수하게 논리적인 공식들에 귀속시키려는 고집이 그의 전 생애에서 너무나 강력하게 나타나고 있다. 다르게 말하면 그는 창조하기를 원하지 않았다. 그에게 늘 필요했던 것은 이런 저런 공식들에 대한 전시적 삽화였다. 중요한 것은 공식 정리였고 형상들은 순전히 보조적 역할에 지나지 않는다. 그러나 예술적 형상들은 그런 보조적 역할에 결코 순응하지 않는다. 때로 그것들은 새처럼 온갖 강제적 공식들로부터 뛰쳐나가고 그가 사상가로서 말하는 것과 예술가로서 말하는 것은 제각각이었다. 그에게 창작은 의식과의 불화 속에 있다.[22]

창작과 의식의 이런 불화를 추콥스키는 고리키의 여러 작품에 대한 분석을 통해 증명한다. 그의 분석에 따르면 고리키의 작품세계의 진정한 주인공은, 다른 많은 비평가가 분석하는 바와 같이, 고리키의 작가 이념이 아니라 '알록달록한 형상', 즉 작가의 이념체계에 수렴되지 않는 다양한 인물들이다.

추콥스키가 말하는 '알록달록함'의 문제는 문학 작품에서 어떤 이념을 제기하는 고리키의 시선에도 나타난다. 고리키의 이념은 늘 "의문문의 형식으로, 추정의 형식으로"[23] 존재하는

---

22 Чуковский К., Две души М. Горького, М., Русский путь, 2010, pp. 64-65.

23 고리키는 장편소설 『클림 삼긴의 생애』의 가정교사 토밀린의 입을 통해 유용한 생각이란 의문문의 형식으로 제기되는 것이라고 말한 바 있다. 이 구절은 주인공 클림의 머리에 오

것이다. 초기 단편 「거짓말하는 검은방울새와 진실을 사랑하는 딱따구리」에서 동족을 어둠에서 구하고자 용기와 신념을 불어넣는 검은방울새와 그 말이 진실인지 아닌지를 냉정하게 분별해야 한다고 주장하는 딱따구리의 대립, 희곡 『밑바닥에서』에서 빈민 합숙소의 몰락한 사람들에게 위로와 희망을 불어넣으려는 떠돌이 순례자 루카 노인과 오직 진실만이 사람을 치유할 수 있고, 위로의 거짓말은 노예의 논리일 뿐이라고 주장하는 사친의 대립 등에서 고리키의 시선은 어느 하나의 이념적 결론에 완전하게 닿아있지 않다. 심지어 가장 뚜렷하게 (이 점에서 고리키 창작에서 가장 예외적이기도 한) 이념적 확신을 담은 『어머니』에서조차 주인공 펠레게야 닐로브나의 사회주의 정신은 종교성과 긴밀하게 결합하고, 이념과 삶의 차이와 갈등이 적지 않게 작품에 그려져 있다.

「두 영혼」을 집필할 무렵의 작품들에서도 그런 경향은 변하지 않는다. 오히려 그런 경향은 예술적 깊이를 심화시키는 중요한 동력으로 작용한다. 자전적 삼부작에서도 그런 경향은 잘 나타난다. 작가 자신은 "비열하고 혐오스러웠던 러시아의 야만적인 삶을 회상하면서 (……) 진실을 뿌리까지 꼭 알아내야만 하고 (……) (그것을) 우리의 고통스럽고 치욕스러운 삶에서 뿌리째 뽑아내야만 한다."(7, 193)고 직접 자기 작품의 집

랫동안 반복되며 떠오른다.

필 목적을 선언하지만, 작품 전체에 그려지는 것은 러시아의 자연과 러시아 사람의 매혹적인 모습들이다. 외할아버지의 잔혹한 매질과 엄격한 훈육, 외삼촌들의 이유를 알 수 없는 분노와 주먹다짐, 폭음, 아무런 희망 없는 무력한 일상 등은 러시아의 태생적인 수동성과 운명주의를 증명하는 것이지만, 다른 한편 따뜻하면서도 낙천적인 삶을 긍정하는 외할머니 아쿨리나 이바노브나, 친절하게 어린 고리키를 보살피며 달관한 듯한 '하로쉐예 젤로' 스무르니 등의 형상은 잊을 수 없는 또 다른 러시아인의 형상이다. 바로 이런 긍정적이고 아름다운 형상들은 메레지콥스키가 주장하듯이, 반드시 동양과 서양의 대립으로만 수렴되지 않는, 그리고 작가 자신의 러시아적 삶의 비판과도 조응하지 않는, 인간 삶의 다양한 양상에 대한 작가의 시선을 말해주는 것이다. 이러한 경향은 『러시아 이야기』(1912)나 『러시아 순례』(1912), 『오쿠로프 도시』(1909) 등에서 다양하게 확인된다. 작가는 러시아 사회의 후진성과 야만성, 무지함과 나태함을 폭로하겠다는 창작 의도를 거듭 표출하지만, 그 결과는 "드디어 이제 고리키가 루시를 사랑하기 시작했다"[24]는 반응을 불러일으키곤 했던 것이다.

그런데 주목할 것은 추콥스키가 알록달록한 형상을 통해 고리키의 동양적 정신세계를 포착하고 있다는 점이다.

24 Чуковский К., 위의 책 p. 70.

> 그의 창작의 모든 근원은 아시아다. 그에게 뛰어난 모든 것은 아시아로부터 나온다. 뒤죽박죽 시장판의 알록달록한 형상들, 그것은 비잔틴 모자이크와 부하라 양탄자의 알록달록함이다. 우쉬쿠이니크적 기질,[25] 몽상적이고 스키타이적 젊은 시절, 우울한 우수의 경향(그것은 느닷없이 발작적인 유쾌함으로 전환되기도 한다), 동정심에 무한한 희열을 느끼기, 노래, 재담에 넘치는 볼가 유역의 화려한 언어 등등 매혹적인 모든 것은 그가 그렇게 시기심에 차서 우리와 그 자신을 몰아넣으려는 냉정한 일상의 서양과는 이질적인 것이다. 이것은 무엇을 말하는가? 유럽에 대한 그의 사랑조차 바로 의심할 나위 없이 아시아인의 사랑이다. 그는 아시아인의 종교적, 비교(秘教)주의적 사랑, 유럽인 그 누구도 좋아하지 않는 그런 사랑을 좋아하고 있다.[26]

추콥스키가 다소 비약적으로 이런 결론을 내린 것은 1920년대 열병처럼 번져갔던 유라시아성의 영향이 없지 않았을 것이다.[27] 그러나 고리키의 모순된 경향에 대한 분석은 나름대

25 강에서 약탈을 일삼던 고대 노브고로드 사람.

26 Чуковский К., 위의 책, p. 71.

27 추콥스키의 이 책은 그 시사성과 독창성에도 불구하고 이런 이유로, 즉 고리키의 작품 세계를 서양과 동양의 두 영혼으로 구분하고 그 유라시아성을 제시한다는 점에서 소련 시기 거의 반합법적 상태에 놓여 있었다. 재발간된 한 판본(М., Русский Путь, 2010)에 실린 이바노바(Е. В. Иванова)의 해설 논문 제목도 「막심 고리키의 유라시아적 영혼」(Евразийская душа Максима Горького)이다.

로 의미가 있지만 그것이 동양성과 서양성의 결합으로서 유라시아성으로 나아간다고 본다면, 이 또한 메레지콥스키와 베르쟈예프와 마찬가지로 자신의 논리를 위해 고리키를 편의적으로 이용하는 것이라는 비판에서 자유로울 수 없다.

그러나 고리키의 정치평론에 나타난 사상이 예술적 세계관과 급격한 차이를 보인다 해도, 그것을 고리키 자신의 것이 아니라고 말할 수는 없을 것이다. 이미 1905년 일차 러시아 혁명 이후 지식인 사회의 변화와 러시아 민족주의의 부활을 지켜보면서, 고리키는 다양한 경로를 통해 이 위험성을 지적한 바 있다. 그는 1905년에서 1910년 사이에 민중 출신 작가들의 수많은 원고를 읽고 검토한 후 집필한 「독학 작가들에 대하여」(1911)에서, 운명론과 신비주의를 러시아 민족의 질병이라고 규정하고, 그것은 몽골의 피가 섞였기 때문이라고 말한다. 물론 뒤이어 러시아 민중이 그와 같은 운명론과 신비주의를 극복할 수 있는 많은 능력을 가지고 있다고 부언하지만, 러시아 민족의 특징에 대한 이러한 부정적 묘사는 「두 영혼」의 논리를 예비하고 있음이 분명하다. 또한 「두 영혼」에서 강조되는 이성이라든가 적극적 행동주의에 대한 강조도 여러 논문과 편지에 반복하여 등장한다. 도스토옙스키가 러시아 영혼의 병리적 현상을 잔혹할 정도로 그려낸 위대한 작가임에 틀림이 없고, 그것을 읽는 독자들은 자신들의 병리성을 인식하고 교정해갈 것이지만, 도스토옙스키 작품을 무대에 공연하는 것은 무대극의 특성상 그런 인식과 교정의 여지를 주기보다 부정적인 영향을 미칠 것이라고 반대하면서, 고리키는 「카라마조프주의에 대하여」(1913)라는 평론에서 이렇게 말한다. "우리 앞에는 사회, 정치적 의미에서뿐만 아니라 심리적 의미까지 아우르는 내적인 재구조화라는 거대한 과업이 놓여있다. 우리는 혼란한 과거로부터 이어받은 모든 것을 면밀하게 재검토해야 한다. 가치 있고 유용한 것을 골라내고 무가치하고 해로운 것은 역사의 폐물로 내던져야 할 것이다. 다른 누구보다 바로 우리에게는 정신적 건강, 활기, 이성과 의지를 통한 창조적 힘에 대한 믿음이 필요하다." 이렇게 정신적 건강과 이성을 지속적으로 강조하는 고리키의 논리는 「두 영혼」의 단순하고 극단적인 서구주의자의 구호와 다르지 않다.

격동의 러시아 사회에서, 세계사적 격변의 소용돌이 속에서 고리키의 삶과 문학은 자기완결이라는 고요한 성채에 안주할 수 없었고, 끊임없이 동요하고 모순적으로 갈라지는 고뇌와 모색의 과정이었다. 이런 점에서 자신을 이단자이자 모순적인 사람이라고 고백하는 고리키의 다음과 같은 말은 진정성 있는 울림을 준다.

> 나는 어디에서나 자신을 이단자라고 여긴다. 아마 내 정치적 견해에는 모순이 적지 않을 것이다. 그러나 나는 그 모순에 타협할 수도 없고 타협하고 싶은 생각도 없다. 왜냐

> 하면, 내 영혼의 조화를 위해, 나 자신의 평온과 안락을 위해, 이 살아 숨쉬는, 죄 많은, 불쌍한(죄송한 말이지만) 러시아인을 너무나도 열렬하고 고통스럽게 사랑하는 나의 이 영혼의 한 부분을 제거해버릴 수는 없다고 느끼기 때문이다. (『시의에 맞지 않는 생각들』)[28]

고리키는 자신의 견해가 모순을 일으킬 수는 있지만, 그것은 바로 러시아인에 대한 지극한 사랑 때문에 불가피한 것이라고 말한다. 그것은 「두 영혼」에 나타난 극단적인 동서 대립의 논리에도 그대로 적용되는 것일 수 있다. 고리키에게는 동서 대립의 논리 자체가 아니라 이 논리를 통해 러시아와 러시아인의 그 무엇을 비판하고 교정할 수 있는가가 더욱 중요했다.

28 Горький М., Несвоевремнные мысли, М., Советский писатель, 1990, p. 206.(이후 이 책에서의 인용은 본문 속에 『시의에 맞지 않는 생각들』로 표기)

혁명과 새로운 인간주의

『시의에 맞지 않는 생각들』

1차 세계대전 중 「두 영혼」과 같은 정론 활동을 통해 러시아 문화의 보수화에 대항하여 싸우던 고리키는 1917년 2월 혁명을 맞이하면서 러시아 사회의 문화적 가능성에 대한 희망을 품는다. 고리키는 『신생활』지에 1917년 4월부터 1918년 7월, 잡지가 폐간될 때까지 볼셰비키를 비롯한 극단적 혁명주의의 대두를 경계하는 약 80여 편의 글을 발표한다. 이 중 일부가 『혁명과 문화. 1917년 논문들』로 독일에서 출판되고, 다시 일부가 『시의에 맞지 않는 생각들. 혁명과 문화에 대한 촌평』으로 러시아에서 출판된다. 이후 고리키는 다시 두 책에 실린 글들을 합치고 빠졌던 글들을 첨가하여 『시의에 맞지 않는 생각들』이라는 최종본을 편집하지만, 그것은 소련 체제에서 다시 출판되지 못하고, 1990년에야 비로소 온전하게 빛을 볼 수 있었다.

이 칼럼에서 고리키는 볼셰비키의 잔혹한 폭력성에 대해 날카로운 비판을 퍼붓는다. 레닌과 트로츠키 등 볼셰비키 지도자들이 권력이라는 독에 중독된 자들이며, 도덕성의 부재와 민중의 생명을 폭군처럼 무자비하게 다루는 냉혈한이라고 독설을 퍼붓는가 하면, 이들에 부화뇌동하는 프롤레타리아트를 "몰상식한 주인의 선동을 받아 폭력과 테러를 사용하면서 계급적 특권의식을 부르짖는"(『시의에 맞지 않는 생각들』, 149) 자들이라고 냉혹하게 몰아붙인다. 그리고 러시아 민족은 "기질적으로 아나키스트고, 잔혹한 짐승과 같은 민족이며, 어둡고 사악한 노예의 피가 혈관을 타고 흐르는 민족"(『시의에 맞지 않는 생각들』, 136)이라고, 누구도 좋아할 수 없는 말들을 거침없이 쏟아낸다. 그는 "레닌주의자들은 사회주의 속에서 나폴레옹이 되기를 꿈꾸며, 러시아를 붕괴시키기 위해 발버둥을 치고 있으며", "러시아 민중은 피의 호수로 그 대가를 치르게 될"(『시의에 맞지 않는 생각들』, 151) 것이라 경고한다. 이처럼 혁명과 혁명가들에 대한 격렬한 비난, 프롤레타리아트와 농민에 대한 신랄한 비판으로 인해 소련에서 이 책은 고리키가 일시적 실수와 혼란 속에서 혁명 정부의 정책을 비난한 것이라거나, 혁명 과정을 좀 더 신중하고, 단계적으로 진행해야 한다고 주장한 것이라고 언급될 뿐이었다. 반면 서구에서 이 책은 혁명을 비판하고 고리키의 반혁명적 태도를 부각하기 위한 유력한 근거로 활용되었다.

그러나 이 글들을 전체적으로 재구성하여 제시하고 싶어했던 고리키의 문제의식 자체에 주목한다면, 이 책은 혁명과 혁명가들에 대한 비판이나 비방에 주안점을 두고 있는 것은 아니다. 고리키가 이 책에서 역설하고 있는 것은 무엇보다 먼저 러시아인의 정신적 부활과 새로운 문화 건설이다.

> 무엇보다 먼저 단일한 정치 프로그램이나 정치 선전만으로 새로운 인간을 양육할 수 없고, 심화되는 적의와 증오가 사람들을 완전히 야만적이고 미개한 상태로 만든다는 사실, 이 나라의 부활을 위해 조속한 집중적 문화작업이 요구된다는 사실, 그것만이 우리를 내부와 외부의 적으로부터 해방시켜 줄 수 있다는 사실, 이런 사실을 느끼고 깨우친 모든 지식인을 아우르는 조직이 필요하다. (『시의에 맞지 않는 생각들』, 258)

고리키는 어떤 정치적 프로그램보다 문화의 보존과 발전, 민중의 정신적 부활을 위한 문화예술 실천이 러시아의 가장 긴급한 당면 과제라고 확신했다. 그러나 혁명 과정에서 적대적 대립과 폭력이 만연하고 적대감과 증오심이 강화되어가는 현실을 목격하고, 그는 초조와 불안을 떨쳐내지 못한다. 그가 고대하고 예상했던 혁명이 오히려 러시아 문화의 토대를 파괴하고 민중들 사이에 야만적 본능을 조장하는 것은 아닌지 의혹을 떨쳐낼 수 없었던 것이다. 혁명정권에 대한 비판도 문화와 교육 사업을 등한시한다는 점, 궁전이나 귀족 저택 등에 있는 귀중한 문화유산과 예술품, 도서의 약탈과 파손을 방치하고 있다는 점, 민중을 정치적 목적에 따라 마구잡이로 동원한다는 점 등에 집중되어 있다.

『시의에 맞지 않는 생각들』에서 고리키는 권력 장악을 위한 과도한 정치적 목적과 그에 대한 반발이라는 극단적 대립을 예민하게 감지하며 이를 두려워하고 있다. 이러한 현실 정치과정은 모든 것을 극단적으로 양극화하기 마련이다. 고리키는 그러한 극단적 양극화가 러시아 민중과 문화에 매우 유해한 것으로 경계하며, 문화 건설과 인민 교육을 위한 조직을 세우기 위해 온 나라의 모든 진보적 민주세력을 결합해야 한다고 확신했다. 그러나 문화 건설이나 교육을 중심으로 사고하는 고리키의 입장은 정권 획득을 제 일 목적으로 하는 혁명진영에게는 다소 한가하고 거추장스러운 것이었고, 반혁명 진영에게는 혁명을 용인하는 모호한 입장으로 여겨졌다. 그들에게 고리키의 입장은 전혀 '시의에 맞지 않는 것'이었다. 칼럼의 제목을 '시의에 맞지 않는 생각들'이라고 명명한 것은 바로 이런 점을 고리키가 충분히 의식하고 있었다는 것을 말해 준다.

『시의에 맞지 않는 생각들』에는 러시아와 러시아 문화, 그리고 그 혁신에 대한 고리키의 생각들이 폭발적으로 터져 나오고 있다. 고리키를 혁명문학가로만 이해하던 사람에게 이 글들은 고리키의 반혁명적 변신으로 보일 것이다. 그러나 고리키는 혁명과 혁명전략의 논리를 기계적으로 수용하는 전술적인 정치 혁명가가 아니고, 자신의 믿음과 판단을 바탕으로 행동하는 예술가이자 문화운동가였다. 볼셰비키 혁명가들과 긴밀히 교류하고 볼셰비키 당에 막대한 자금을 후원했다 하더라도, 그것은 고리키가 그들의 혁명 정책 일반을 그대로 수용한다는 의미는 결코 아니었다. 고리키는 항상 문학과 예술 영역에서 독자적인 자신의 행로를 걸었고, 특히 러시아의 문화적 개혁과 혁명에 대한 자신만의 독자적인 신념을 가지고 있었다. 『시의에 맞지 않는 생각들』은 고리키의 이러한 태도들이 혁명이라는 급박한 상황에 직면하여 더욱 집중적으로 표출된 일종의 독특한 문화혁명론이라고 할 수 있다.

혁명 초기의 혼란 상황이라 할지라도 고리키의 이런 활동과 태도가 볼셰비키와 혁명 정부에게 그대로 묵과되긴 힘들었다. 결국, 수차례 경고 끝에 『신생활』은 폐간당한다. 하지만 반혁명활동을 가차없이 진압하던 볼셰비키도 고리키에 대해 그 이상의 압박을 가할 수는 없었다. 고리키가 가진 상징성과 대중적 영향력을 무시할 수 없었기 때문이다. 당시 러시아에서 이렇게 볼셰비키를 비난하고도 무사히 살아남을 수 있었던 사람은 고리키 단 한 사람뿐이었다고 말해도 과언이 아닐 것이다.

이후 고리키는 볼셰비키 정권과 일정하게 타협적 관계를 유지하며, 냉담한 화해 속에 문화예술 보호와 복원, 문화예술인과 지식인 지원 사업에 나선다. 혁명 초기 소련의 모든 문화 예술 정책과 기금 지원은 거의 모두 고리키의 제안을 통해 이루어졌고, 그 집행 과정도 고리키에 의해 좌우되었다. 고리키는 『전세계문학』 출판사, 『예술의 집』, 『문학가의 집』, 『학자들의 집』 등을 조직하여 친분이나 문학적 경향에 차이를 두지 않고 가능한 모든 지식인, 문화예술인들을 지원해나갔다. 이 시기에 고리키의 보호와 지원을 받지 않은 지식인은 하나도 없었다고 말할 수 있을 정도였다. 문학적으로 결코 가깝다고 할 수 없고, 정치적으로도 대립적이었던 망명 시인 호다세비치도 이 시기의 고리키에 대해 이렇게 회고한다.

> 아침 일찍부터 저녁 늦게까지 그의 방은 사람으로 넘쳐났다. (……) 방문자들은 『예술의 집』, 『문학가의 집』, 『학자들의 집』, 『전세계문학』의 문제를 들고 찾아왔다. 페테르부르크와 인근 지역 문학가와 학자들, 수병들과 노동자들이 (……) 찾아오고, 예술가와 화가, 투기꾼, 전직 고위관료, 사교계의 귀부인들이 찾아왔다. 그들은 체포된 사람들을 석방하도록 도와달라고 했고, 고리키를 통해 배급 식량과 잠잘 곳을 얻었고, 옷과 약품, 기름, 기차표, 여행허가증, 담배, 종이, 잉크, 노인용 의치에 신생아를 위한 우유에 이르기까지 당시 구하기 힘든 모든 것을 얻어낼 수 있었다. 고리키

는 그를 찾아오는 그 모든 이들에게 일일이 귀를 기울였고 수많은 추천장을 써주었다. 나는 고리키가 사람들의 청원을 거절하는 것을 딱 한 번 보았다. 새로 태어날 아기의 대부가 되어달라는 어릿광대 배우 델바리의 부탁이었다. (Pro et contra, 128)

혁명 초기에 고리키가 러시아 문화의 수호자로서 막대한 역할을 했다는 사실은 호다세비치 뿐만 아니라 많은 회고록이 증언하는 바이다. 고리키가 머무는 집 앞에는 아침부터 저녁까지 온갖 청원을 들고 찾아온 사람들로 길게 줄이 늘어섰고, 집안에는 이런저런 인연으로 찾아와 기식하는 사람들로 넘쳐났다. 고리키는 그 수많은 민원인을 따뜻하게 맞이하고, 할 수 있는 도움을 주기 위해 어떤 일도 마다하지 않았다. 고리키가 나서면 혁명 정부의 그 누구도 감히 대놓고 맞설 수가 없었다. 그는 레닌의 막역한 동지였을 뿐만 아니라 민중 출신의 프롤레타리아 문학가로 러시아 혁명의 상징 그 자체가 아니었던가. 고리키는 자신의 그런 명성과 힘을 최대한 활용하여 '옷과 약품, 기름, 기차표, 여행허가증, 담배, 종이, 잉크, 노인용 의치에 신생아를 위한 우유'까지 온갖 도움을 챙겨주기 위해 할 수 있는 모든 노력을 아끼지 않았다.

하지만 이러한 타협기도 그리 오래 지속되진 못했다. 고리키의 귀찮을 정도로 끝없는 청원과 간섭은 정부로서도 부담이 되었고, 급기야 레닌의 권고 끝에 1921년, 고리키는 병 치료의 명분으로 해외로 나간다. 공식적으로 망명은 아니었지만, 실질적으로 망명이 아닐 수 없는 상황이었던 것이다. 해외로 나온 고리키는 독일과 유럽 여러 나라를 거쳐 다시 이탈리아에 정착한다. 해외에서 고리키는 한편으로는 혁명과 소련 정부의 정당성을 지지해달라는 당국의 은밀한 압력을 받았고, 다른 한편으로는 망명 지식인들을 포함한 반혁명, 반소 진영으로부터 소련을 공개적으로 비판해달라는 지속적인 요청을 받는다. 그러나 고리키는 소련이나 망명 지식인 모두로부터 불만과 비판을 감수하면서 결연히, 고집스럽게 침묵을 견지해갔다.

당당한 인간상을 혁명적 인간상으로 고양시켰던 고리키의 인간주의는 혁명 과정에서 문화와 교육을 통한 민중 계몽이라는 문화 패러다임으로 전환되었다. 그러나 그의 생각은 혁명이라는 냉엄한 현실 속에서 구체적으로 실현될 수 없었다. 결국, 고리키는 해외에서 소련의 현실과 일정하게 거리를 두고 그 모든 혁명 과정을 다시 성찰할 수 있는 시간을 가진다. 이 시기 고리키는 직접적인 정치적 발언이나 정치평론은 거의 쓰지 않고 그동안 미루어왔던 작품 창작에 몰두한다. 고리키는 혁명 이후 문학 작품에는 거의 손댈 틈이 없었다. 그가 러시아를 떠나기에 앞서 주위 문인들과 상의하는 자리에서 쉬클로프스키가 "작가가 글을 쓸 수 있는 곳으로 떠나세요. 이건 도망가는 것이 아니라 일로 돌아가는 겁니다."[29]라고 말했던 것도 의례적 위로만은 아니었다. 실제로 해외로 나온 고리키는 곧바로 자전적 삼부작의 마지막 편인 『나의 대학』과 장편 『아르타모노프가의 사업』, 단편 「첫사랑에 대하여」 등 미루어두었던 여러 작품을 완성할 수 있었다. 그리고 이제까지와는 전혀 다른 중대한 문학적 전환을 이루는 『1922-1924년 단편집』을 창작하게 된다.

『1922-1924년 단편집』과 인간에 대한 새로운 사유

살아있는 온갖 작은 것들

『1922-1924년 단편집』은 아홉 편의 단편, 「은둔자」, 「대답없는 사랑」, 「영웅」, 「어떤 소설」, 「카라모라」, 「어떤 일화」, 「무대연습」, 「푸른 삶」, 「특이함에 대하여」으로 구성되어 있다.[30] 이 작품집은 1922년에서 1924년 사이에 쓴 단편들을 모은 것이지만 단순한 모음집은 아니다. 고리키는 이 작품집을 작품의 배열 순서까지 고려하며 독립적인 작품집으로 구상하였다.

고리키는 한 편지에서 "『1922-1924년 단편집』은 고리키의

---

29 Хьечо Г., Максим Горький: Судьба писателя, М., Наследие, 1997, p. 198.

30 이 작품집은 『대답없는 사랑』(이강은 역, 문학동네, 2009)으로 번역 출판됨. 이후 이 작품집에서의 인용은 본문 속에 단편 제목만 표기.

내면에 자라난 무성한 수염을 깎아 보려는 나의 시도입니다. 동시에 일련의 새로운 형식, 다른 어조를 모색하는 것인데 이는 '클림 삼긴'을 위해서지요. 몹시 어렵고도 책임 있는 일입니다. 개인적으로 나는 이런 모색들이 아주 유익하다고 생각하고 있습니다."[31]라고 밝힌 바 있다. 이미 세계적인 명성을 얻어 작가적 '출세'의 정상에 서고도 남을 정도의 고리키가 오십이 넘은 나이에, 그 내면에 어떤 무성한 수염이 자라나고 있었던 것일까. 그리고 그 수염을 도대체 어떻게 깎아야 한다고 생각했던 것일까. 어떻게 더이상 자신이 아니고 새로운 작가로 태어날 수 있단 말인가.

새로운 시각은 무엇보다 먼저 작가의 인간관에 대한 새로움에 나타나 있다.

초기 단편에서 영웅적인 당당한 인간상을, 그리고 이후 강인한 의지를 가진 혁명적 인간상과 집단적 인간상을 구현했던 프롤레타리아 문학가 고리키는 1910년대 문화와 교육에 대한 중요성을 강조하면서 모순적인 '두 영혼'의 면모를 보여주었다. 고리키의 '두 영혼'의 문제는 초기의 당당한 인간론과 강철 같은 혁명가를 그린 『어머니』에서도 일정하게 그 단초를 내보인 바 있고, 『밑바닥에서』의 루카와 사친으로 극적 대립을 형성하기도 했다. 다만 그동안 소련 문학계에서 고리키의

---

31 자주브린에게 보낸 편지(1928년 3월 25일 자). Архив А. М. Горького. М. Горький и советская печать, том X - кн. 2, Наука, М., 1965, p. 351.

당당한 인간과 혁명적 인간은 너무 단순하게 일면적으로 해석되었을 뿐이다. 오늘날 많은 연구자는 내면적 다의성을 지니고 삶에 대해 복합적인 태도를 지닌 인물들을 고리키 문학의 진정한 주인공이라고 평가한다. 작가의 이념을 직선적으로 대변하는 단색적 주인공이 아니라 삶과 인간에 대해 긍정적이면서도 비관적이고, 이념적이면서도 탈이념적인 '알록달록한 다색적 인간상'을 구현하는 주인공이 더 고리키다운 주인공이라는 것이다. 『1922-1924년 단편집』은 바로 그런 인물들의 종합판이다. 특히 이 작품집에는 혁명 이후 인간과 인간의 삶, 혁명과 혁명적 인간에 대해 모든 것을 다시 생각하고 되돌아보는 고리키의 내적 풍경이 깊고 아프게 아로새겨져 있다.

첫 단편 「은둔자」에서부터 고리키의 인간론은 새로운 면모를 보여준다. 사벨은 산속에 동굴을 파놓고 살아가는 은둔자다. 주변의 여러 마을에서 여러 계층의 사람들(특히 여자들)이 삶의 이런저런 문제를 들고 그를 찾아오곤 한다. 그의 외모는 매우 혐오스러울 지경이다.

> 당당한 체구였지만 어딘지 몹시 망가지고 흉터투성이었다. 벽돌처럼 붉은 얼굴은 보기 흉하고, 왼쪽 뺨에는 귀에서부터 턱까지 깊은 흉터가 가르고 있어 입을 일그러뜨렸으며, 그것은 어디 아픈 사람 같은, 조롱기 어린 표정을 지어 주고 있었다. 어두운 눈동자는 결막염을 앓았는지 속눈썹도

> 없었고, 눈꺼풀이 있을 자리에는 붉은 상처가 덮여 있었다. 머리칼은 이곳저곳 한 줌씩 빠져있고, 툭 튀어나온 두개골의 정수리와 왼쪽 귀 위가 대머리여서 귀가 훤히 드러나 보였다. (「은둔자」)

흉측한 외모에도 불구하고 사벨은 사람들에게 사랑과 위로의 말을 통해 선한 생활과 신에 대한 사랑을 일깨워주며 숨은 현자처럼 사랑을 받는다. 사벨의 신은 엄격한 계율로 벌하거나 금욕주의를 강제하는 경건한 신이 아니라 사람들 속에 살아있는 신이다. 그에게 신은 본질적으로 인간에 대한 믿음이고 삶에 대한 믿음이다.

> 그분은 눈물 어린 우리의 삶에 녹아 있지, 물에 녹아 있는 설탕처럼 말일세. 그런데 물은 더러운 물이라서 우리가 그분을 느낄 수가 없어. 우리 삶에서는 그분 맛을 느끼지도 못하고 듣지도 못해. 하지만 그래도 그분은 온 세상에 넘쳐흐르고 모든 이들의 영혼에 아주 순수한 불꽃으로 살아있는 거지. 그래서 우리는 사람 속에서 하느님을 찾아서 그 조금씩의 하느님을 하나의 덩어리로 만들어야 하는 거야. 주님께서 모든 생명의 영혼들을 그분의 힘으로 모아들이게 되면 악마가 찾아와서 이렇게 말하겠지. 주여, 용서하소서, 당신이 그렇게 위대하고 가없이 강력한 분인지 나는 미처 알지 못했습니다. 이제부터는 더 이상 당신과 맞서 싸우지 않겠

나이다, 부디 저를 종복으로 부려주소서, 하고 말이오.' (「은둔자」)

사벨은 어떤 사람이 와서 어떤 말을 하더라도 그 사람 속에 존재하는 '가장 순수한 불꽃'이 살아나도록 다정하고 사랑스럽게 대한다. 사벨은 사람들에게 도덕적 훈계나 종교적 설교를 늘어놓지 않는다. 그 어떤 논리적 설득이나 주장에 앞서 사벨은 진정으로 다정한 사랑의 마음으로 사람들을 대한다. 사벨의 그런 모습을 지켜보는 화자 '나'는 사벨의 말에 전율하듯 감동한다.

동굴 안에서 이루 형언할 수 없이 마음을 흔드는 목소리가 흘러나왔다.

"밀-라야……"

저 흉하게 생긴 노인네가 이 단어에 어쩌면 저렇게 매혹적인 부드러움을, 어쩌면 저렇게 기쁨에 넘친 사랑을 담아낼 수 있는지, 그건 아무도 모를 것이다.

(……)

노인은 끊임없이 낭랑하게 노래하듯이 말하면서 처녀애를 바위 위에 나란히 앉혔다. 마치 동화를 이야기해주는 것만 같았다.

"알지, 너는 지상에 핀 꽃이야. 주님은 널 기쁨으로 키워주셨어. 그래서 넌 위대한 기쁨을 선사할 수 있단다. 너의

> 예쁜 눈과 밝은 눈빛, 모든 영혼에 축제란다, 밀라야……"
>
> 이 단어의 용량은 한량이 없었다. 진정으로 이 단어는 삶의 모든 비밀의 열쇠를 그 깊은 곳에 담고 있어 인간사의 모든 힘든 난마를 풀어주는 힘을 가진 것만 같았다. (……) 사벨은 이 단어를 끝없이 다양하게 발음했다. 다정하게, 또는 당당하게, 또는 감동적인 슬픔을 담아. 또 때로는 부드럽게 꾸짖듯이 들려왔고 기쁨의 빛나는 소리로 흘러넘쳤다. 이 단어를 들으면 나는 항상 이 단어의 근본이 무한히 다할 수 없는 사랑이라는 것, 사랑 이외에는 아무것도 알지 못하고 그 자체로만 충만한 사랑, 오직 그 속에서만 존재의 의미와 목적, 삶의 모든 아름다움을 느끼는 사랑, 그 힘으로 온 세상의 고통을 편안하게 해주는 사랑이라는 걸 느꼈다. (「은둔자」)

은둔자의 형상은 살아 숨을 쉬는 자연의 세계와 동질적이다. 숲속 협곡의 동굴, 협곡 아래에는 풀숲을 헤치며 시냇물이 흐르고, 위로는 푸른 하늘의 강이, 황금빛 농어처럼 별이 노닐고, 마른 풀잎 냄새가 향기로운 동굴, 동굴 앞에는 보리수나무, 자작나무, 단풍나무 세 그루가 자라고 있고……

> 부드럽고 잠긴 듯한 그의 목소리는 노래하듯 들려왔고 저녁의 따스한 대기 속에 풀 내음과 바람의 숨결, 살랑이는 나뭇잎 소리, 그리고 돌 사이를 흐르는 조용한 계곡 물소리

와 쉼 없이 이어지며 다정하게 섞이고 있었다. 그가 말을 멈춘다면 밤은 그렇게 충만하지도, 그렇게 아름답지도, 영혼에 그렇게 정겹지도 않으리라. (「은둔자」)

이처럼 자연과 거의 하나가 되어 살아가는 사벨은 웬만한 저녁 추위에 모닥불을 피우려는 '나'를 말리는데 그 이유는 '살아있는 온갖 작은 것' 들이 몰려들어 타죽기 때문이다. 밤을 새우고 더욱 추워지자 그는 모닥불을 피우지만 계속해서 모닥불 옆을 손으로 휘저으며 '살아있는 온갖 작은 것'들이 달려들지 못하게 한다. 그는 인간의 욕구에 대해서도 그 어떤 도덕적 가식을 가지고 있지 않다. 여자들에 대한 욕망을 너무도 자연스럽게 입에 올리고, 맛있는 음식에 대해 탄복하리만큼 기쁘게 매달리고, 술도 좋아한다. 그는 떠돌이 시절에 어떤 예쁜 인형이 너무도 마음에 들어 그 인형을 사서 배낭에 넣고 다닌 적도 있다(떠돌이의 배낭에 너무나 어울리지 않게). 이처럼 사벨은 온갖 자연스러운 것에 대해 그 어떤 사회적 편견이나 도덕적 거리감이 없다.

사벨은 어떤 주어진 이념(그것이 작가의식에서 나온 것이든, 주인공의 의식에서 발현된 것이든)의 통일성과 일관성을 위해 주조된 형상이 아니라 살아있는, 따라서 복합적이고 모순성을 지닌 형상이다. 즉 사랑과 위로를 베푸는 성자와 같은 현재의 모습과 추하고 일그러진 외모, 그리고 어두운 과거가 연결 불가능할 정도로 뒤엉켜 있는 사벨은 심지어 화자인 '나'에게 "아주 아름다워 보였다, 알록달록하고 교묘하게 뒤엉킨 인생의 아름다움과도 같이"라고 묘사되고 있다.

사벨 형상은 어둡고 절망적인 현실을 달콤한 말로 감추려는 소위 '사악한 위로자' 형상은 아니다. 그에 대해 어떤 이념적 판단을 내리기 어려운 것은 그의 성격이 일면적이지 않고 그의 어조 그 자체가 미학적 가치를 획득해내고 있기 때문이다. 다양한 미학적 가치들은 하나의 논리적 이성으로 일반화될 수 없고, 경험과 직관 속에 살아있는 것이다. 인간의 언어와 의식은 존재의 현실을 일반화하고 추상화하는 것을 기본원리로 한다. 그러나 인간의 말 그 자체는 무한히 다양한 어조와 숨결을 생명으로 한다. 의식 역시 존재의 사회적 역사적 규정을 받되 그것을 넘어 존재 그 자체의 생명 현상에 직접 접촉하고자 하는 지향성을 지니고 있다. 「은둔자」의 사벨이 어떻게 현재의 모습이 되었던가. 그는 자신의 과거와 존재 현실을 부정하고 새로운 '이념'을 '외부'에서 받아들인 사람이 아니다. 그 자신의 추함과 어두운 현실 그 자체에서 자라 나온, 존재 자체 속에 숨어 있는 '가장 순수한 불꽃'을 피워 올린(새로워 보이는) 존재일 뿐이다. 사벨과 같은 존재에게는 언어와 의식, 존재 현실(그를 규정하는 외부적 요소들)이 수미일관하게, 앞뒤가 딱 들어맞는 것과 같은 논리적 정합성이 그리 중요하지 않고 그러한 상태로 정향되어 있지도 않다. 그는 살아있는 존재 그 자체로서 모순적이며 복합적인 존재의 변화과정을 매 순간 그대로 드러낼 수밖에 없는, 영원히 변화하고 움직이는 미완결적인 존재로 제시되고 있을 뿐이다.

이런 형상에 대한 작가의 태도는 단순하지가 않다. 때로는 혐오스러운 느낌과 더불어 어쩔 수 없는 매혹이 겹쳐져 나타난다. 맨 마지막 작품 「특이함에 대하여」에는 다른 은둔자가 등장한다. 마을 외곽에 은둔하여 살아가는 어떤 은둔자는 마을 사람들에게 반혁명적인 분위기를 전파하는 역할을 한다. 혁명가인 주인공 즈이코프는 이 은둔자를 '해로운 짐승'이라고 판단하여 살해한다. 하지만 그는 "제기랄 놈의 늙은이 주변은 다 안온하고 좋았어요. 통나무집 너머는 향기가 배어 나오는 나무숲이었고 집 앞쪽 아래쪽에는 계곡이었는데 작은 강물이 흘러가고 태양 빛이 반짝이고 있었지."라고 회상한다. 그리고 "어쨌든 참 굳건한 늙은이"였다고 덧붙임으로써 은둔자가 결코 '해로운 짐승'만은 아니었다는 것을 강하게 암시한다. 즈이코프는 이론적으로는 은둔자를 증오하면서도 내면적으로 동질적인 면을 지니고 있는 것이다.

즈이코프가 혁명가가 된 것은 삶을 단순화하고 균등화해야 하며 모든 지식을 붕괴시켜야만 한다고 믿었기 때문이다. 그것은 올바른 혁명 이론과는 거리가 있다. 하지만 무지의 늪에서 헤어 나온 민중들이 우연히, 개인적인 경험치로 획득한 혁명 사상이라는 것은 바로 그렇게 다양하게 오독되고 오염되어 있기 마련이다. 혁명의 시기에 혁명을 받아들이는 개인들은 다양하게 굴절되고 나름대로 편집된 사상에 침윤되어 있다. 누구나 이상적인 사상을 온전하게 획득할 수는 없는 법이다. 그 때문에 아무리 올바른 이론과 논리로 무장했다고 주장하는 정치 사업도 수없이 왜곡되고 변질되는 운명에 처하곤 하는 것이다. 즈이코프는 혁명가로서 자신의 신념에 따라 반혁명적 은둔자 노인을 살해하지만, 오독된 이념에 따라 자신과 내면적으로 동질적일 수 있는 노인을 살해했을 뿐이다. 이념과 삶의 어긋남이 아닐 수 없다. 결국, 즈이코프나 은둔자 노인이나 다 그런 이념의 희생자이다.

이처럼 고리키가 새로이 주목하는 부분은 이념의 균열된 틈새에서 숨 쉬고 아파하는 다양한 빛깔의 살아있는 인간의 발견이다. 도대체 이해할 수 없을 정도로 자신의 폐쇄된 감정에 사로잡혀 사랑하는 여배우에 대한 대답 없는 사랑으로 평생을 살아온 「대답 없는 사랑」의 주인공 토르수예프, 심지어 그는 사랑하는 여인이 다른 연인을 위해 침대를 준비해놓으라고 명령한다면 그렇게 할 것이라고 말한다. 그는 자신의 사랑을 위해 동생을 배신하고, 자신이 가지고 있던 모든 재산과 일을 아낌없이 포기하면서, 오직 그녀의 곁에 있기만을 원한다. 그러나 결국 그녀는 그의 품에서 죽음을 맞이하고 그는 그녀가 활동하던 극장가 허름한 골목길의 먼지 낀 상점에서 그녀의 사진과 초상화를 판매하며 여생을 살아가고 있다.

"꽃들이 가루가 되어 부서져 내리는데 어떻게 해도 그걸 막을 수가 없군요." (「대답 없는 사랑」)

토르수예프의 이 마지막 대사는 이 독특한 비극적, 상상적 사랑의 페이소스를 절창으로 들려주고 있는 것 아닌가.

토르수예프의 회한 어린 사랑 이야기를 들으면서 우리는 그 사랑의 건전함, 혹은 이성성에 대해 따져 물을 것인가. '색깔도 없고 뻣뻣한 양철판 같은' 공장의 볼품없고 속물적인 세계에서 사업적이고 계산적인 삶을 살아가던 사람이 한번, 그리고 영원히 한 여성을 사랑하는 감정을 맛보고, 그 감정에 충실하여 모든 것을 버리고 아무도 알아주지 않는 작은 골목에서 '세계를 장식하고' 있는 것에 대해 어떤 논리적 이성적인 판단의 잣대를 들이댈 수 있을 것인가.

「카라모라」에 등장하는 보안지소장 시모노프는 잔혹하고 긴장된 임무를 수행하다가도 어딘가로 사라져버리는 듯한 매우 특이한 버릇이 있다. 그는 그런 태도로 전혀 다른 세계, 너무나도 황당한 세계를 상상한다.

"알겠나, 정말 별난 요술쟁이로 상상하고서 무대로 나가는 거야, 몸에 착 붙는 옷을 입고, 알겠나? 곡예사처럼. 주머니는 하나도 없는 옷 말이야!"

그는 행복한 사람처럼 미소를 지으며 바보처럼 우스꽝스

럽게 내게 눈을 깜박여 보였다.

"그런데 갑자기 내 손에 오리가 탁 나오는 거야. 내가 오리를 마루에 내려놓으면 그 놈은 무대를 걸어 다니며 꽥꽥거리고 그러다가 알을 낳는 거야! 알겠나? 그런데 이번엔 알을 까고 돼지새끼가 나오지. 아니면 다르게 할 수도 있어. 토끼가 나오고 부엉이가 나오게 말이지, 한 열 개쯤 말일세. 관중들의 반응이 어떻겠어, 응? 모두들 자리에서 일어나 눈을 비벼대면서 망원경을 꺼내들고 보겠지, 경악하는 거지! 모두들 바보가 된 기분이지, 특히 주지사가. 주지사가 대중들 앞에서 백치가 되는 기분이 어떻겠어, 응? 또 갑자기 내 머리가 두 개가 돼! 게다가 담배를 피우는 거야, 두 개를! 하지만 연기는 나지 않고, 그 다음 연기가 발가락에서 나온다, 상상이 되나? 무대엔 토끼가 깡총깡총 뛰고 돼지 새끼가 뛰어다니고 불빛에 눈이 먼 부엉이가 사납게 눈을 부라린 채 사람들을 노려보고 있다, 그리고 더 많은 동물이 나타나고 그 수가 점점 늘어나고, 대혼란이 일어나는 거야!"

그리고는 무표정한 눈을 크게 뜨고 반혁명 전사, 보안지소장 표트르 필립포비치 시모노프는 깊은 확신을 담아 탄성을 질렀다. (「카라모라」)

이 보안지소장은 오히려 혁명가 카라모라보다 더 명민하게 사태의 핵심을 파악하는 능력을 가지고 있다. 그는 어떤 강압과 폭력도 행사하지 않고 카라모라를 자신의 밀정으로 만들어

낸다. 그는 카라모라의 외적 이념적 성격이 아니라 카라모라를 움직이는 내면의 동기를 누구보다 정확하게 간파해내고 있기 때문이다. 아니 어떻게 고리키가 이런 '반혁명 전사'에게 이런 인간적 덕성을 부여해준단 말인가. 『어머니』의 헌병 조사관이나 재판관에게도 이런 덕성이 있었단 말인가.

이처럼 독특한 무늬의 개성을 지닌 인물 형상은 「푸르른 삶」에 이르러 극단적 상상과 상징의 세계 속으로 진입한다. 「푸르른 삶」에는 서로 다른 세계가 공존하고 있다. 하나는 미로노프 아버지의 장난스러운 기인적 세계이고 다른 하나는 감상에 빠진 미로노프의 공상과 환상의 세계, 또 다른 하나는 목수 칼리스트라트로 대표되는 난장꾼의 세계다. '존경받는' 노인 로자노프가 두 다리로 굳게 딛고 서 있는 실제 현실은 이들 모두와 대립적인 세계다. 소리 나는 지구본을 만들거나, 교묘한 방법으로 아내를 놀려대고 독설을 담은 농담을 즐기는 미로노프의 아버지는 삶의 부조리와 맹목성에 대한 슬픈 야유 같다. 반대로 아들 미로노프의 몽상들은 현실을 외면하고자 하는 정신병적 증세로 나타나며 '푸르른 색'에의 집착, 파리에서의 '푸르른 삶'에 대한 환상 등을 통해 현실과는 전혀 다른 세계를 만들어 보인다.

목수의 형상은 더욱 알기 어려운 다면적 측면을 가지고 있다. 그는 세계를 벗어나려는 미로노프와 그의 아버지와는 달리 세계 속으로 들어가서 사람들을 놀라게 만들며, 익숙한 표상들을 장난스럽게 파괴한다. 그는 미로노프 어머니의 장례식 날 담장을 스메타나(유제품의 일종)로 칠해서 동네 사람들을 놀라게 하더니 미로노프의 집에 요란한 색으로 괴물 같은 물고기를 그려놓는다. 그리고 미로노프의 일상으로 파고 들어와 온갖 난장을 벌인다.

> "내게는 결혼식 피로연이 제일가는 기쁨이지. 나는 소란스러운 게 좋아, 난장판도 좋고, 하여튼 뭐든 한바탕 뻑적지근한 게 마음에 들어. 사람들이 다 거꾸로 뒤집혀 돌아다니게 말이야. 젊은이들이 사랑에 빠질 때 그걸 보면 정말 재미있지."(「푸르른 삶」)

그는 거의 카니발 같은 뒤집힌 세계를 즐기고 있다. 그가 방에 들어서면 모든 것이 삐걱거리고 부딪치는 소리를 낸다. 곱슬머리를 묶은 가죽 머리띠는 불꽃의 혓바닥처럼 타오르고 눈은 녹색의 빛을 뿜어낸다. 비록 광기에 빠져드는 주인공 미로노프의 착시 속에 묘사되고 있지만, 현실과 공상이 뒤섞인 목수의 모습은 현실이라고 부르는 것의 진정한 모습이 도대체 무엇인지 다시 되짚어 생각하게 만든다.

「푸르른 삶」의 세 가지 세계는 알록달록한 무늬를 현실 세계에 덧붙여낸다. 우리는 이들 세계의 옳고 그름, 미와 추에 대해 말하기 전에 이 세계들과 대립적인 현실 세계의 덧없음,

맹목적임, 무색성을 대비적으로 느끼지 않을 수 없다. 이를테면 로자노프 노인네가 딛고 선 '굳건한 현실'과 어머니가 매일 걸레로 닦아내는 세계, 그리고 마침내 제정신으로 돌아온 미로노프의 계산 빠른 속물성(자신이 미쳤던 세계에 대해 이야기한 시간을 계산에 넣어 흥정하려는 태도), 그가 일하는 일터의 회색성("작고 좁은 방은 가죽과 아교, 기계기름 냄새로 숨이 막힐 지경이었다. 책장 위 어느 구석에선가 파리 한 마리가 죽어가는 소리가 불쾌하게 들려왔다.") 등은 세 주인공의 '다른 세계'보다 결코 아름답거나 유쾌하거나 새롭지 않다. 이런 속물적 현실성에 대해 작가는 다시 미로노프를 미쳐버리게 만들고 싶다는 강한 유감을 느끼면서 그의 망가진 지구본을 다시 고칠 수 없겠느냐고 상징적인 질문을 던진다.

'그래, 이제 그 누구도 그 무엇으로도 콘스탄틴 미로노프를 미쳐버리게 할 수는 없을 거다.'

나는 이렇게 생각했다. 그리고 물었다.

"그런데 지구본은 아직 당신이 보존하고 있나요?"

숫자가 쓰인 서류를 들여다보고 뒤통수를 만지며 미로노프가 대답했다.

"지구본은 목수가 틀림없이 고쳐보고 싶어 했지요. 하지만 완전히 망가져 버렸어요, 음악이 전혀 안 나오게 됐지요." (「푸르른 삶」)

고리키의 이런 주인공들이 전혀 낯선 것은 물론 아니다. 초기 단편에서 기행을 일삼고 의미 없는 장난에 빠져드는 '당당한 주인공'들도 그런 요소를 지니고 있음이 분명하다. 자전적 삼부작 『어린 시절』, 『세상 속으로』, 『나의 대학』 등에 등장하는 여러 인물 역시 이렇게 알록달록한 무늬를 가진 형상이다. 그러나 자신의 도덕적 이념적 판단을 거세해버리고 인물들 자신에게 시선을 완전히 넘겨주는 보다 열린 자세는 이 작품집만의 독특하고 새로운 특징이 아닐 수 없다. 그것은 인간과 세계를 바라보는 단선적인 이념적 세계관을 넘어 인간과 세계의 복잡다단함, 그 알록달록한 세계에 주목하고, 보다 진실한 삶을 발견하고자 하는 작가의 고뇌의 소산이 아닐까. 그렇다면 이 세상의 미물들, 즉 '살아있는 온갖 작은 것들'이 타 죽을 것을 염려하여 추위에도 불구하고 모닥불을 피우기 꺼리는 은둔자 사벨의 모습은 바로 고리키 인간주의의 새로운 면모에 다름 아닐 것이다.

다른 어조와 다른 형식을 찾아서

'다른 어조, 다른 형식, 다른 고리키'의 모습은 인간과 세계에 대한 새로운 인식과 더불어 서사 형식의 창조에도 급격한 변화를 불러오고 있다. 초기 고리키의 창작적 특징은 행위 전개, 주인공의 운명에 있어 공공연한 작가적 간섭, 작가의 직접적인 평가적 관점에 있다는 것은 널리 인정되는 사실이다. 그러나 후기 고리키 문학에서 작가의 평가적 관점은 복잡하고 매개적으로 드러난다.

「은둔자」의 화자는 초기 단편들의 화자와 형식상 매우 유사하지만, 작가의 이념적 시점을 전적으로 대변하던 1890년대의 단편이나 1910년대의 작품에 비하면 상당히 자제된 객관적인 화자이다. 「대답 없는 사랑」에서 역시 「은둔자」와 마찬가지로 '나'-화자가 주인공을 만나 이야기를 듣는 것으로 구성되어 있지만, 화자는 더욱 철저하게 주인공의 행위를 도입하고 매개하는 최소한의 역할에 머물고 있다. 주인공 토르수예프가 자신의 이야기를 극적으로 구성하여 들려주고 있으며, 토르수예프의 어조나 평가에 '나'-화자의 어조나 평가는 전혀 섞이지 않는 것이다. 토르수예프는 재능이 뛰어나지 않은 중급의 여배우 도브리니나를 사랑하게 되고, 그 때문에 매우 사랑했던 동생과 치명적인 갈등을 빚는다. 그러나 여배우의 사랑을 얻지는 못하는데, 그럼에도 불구하고 토르수예프는 자신의 모든 것을 포기하고 영원히 이 여배우를 사랑한다. 여배우를 헌신적으로 돌보면서 평생을 살아가는 그는 여배우의 파멸적 죽음을 지켜본 이후 조그만 가게를 내어 여배우의 초상을 걸어놓고 남은 인생을 살아간다. 바로 이 가게에 들른 '나'는 여배우의 사진에 호기심을 느끼고 토르수예프에게 말을 걸어 그의 '대답 없는 사랑의 이야기'를 듣게 된다. 바로 여기에서

'나'는 형식적 장치로서 이야기를 들어주고 촉구하는 역할 이외에 그의 사랑에 대한 감탄이나 비판은 자제한다. 내면적으로 그의 이야기를 굴절시키거나 반추하거나 자신의 다른 이야기를 연상해내지도 않는다.

「특이함에 대하여」에서도 '나'는 서두에서 주인공을 묘사하고 그의 말을 듣게 되었다는 언급 이후에는 사라져버리고, 모든 이야기는 주인공 자신의 독백으로 진행된다. 「영웅」, 「카라모라」에서는 형식적인 화자나 일인칭 관찰자 시점도 사라지고 '나'-주인공-화자의 일치 속에 주인공 자신의 모놀로그로 이야기가 진행되며, 「어떤 일화」, 「무대연습」은 작가의 전지적 시점에서 사건과 주인공이 묘사적으로 그려진다. 전지적 시점에서 작가의 일탈적인 평가적 시점은 거의 존재하지 않고, 긍정적 주인공으로서 작가의 이념을 대변한다고 볼 수 있는 인물도 없다. 「푸른 삶」은 결과적으로는 「은둔자」와 같이 '나'-화자의 이야기이지만 독자들은 작품이 끝날 무렵까지 작가의 전지적 시점이라고 생각하도록 구성되어 있다. 점차 정신병적 환영의 세계로 빠져드는 주인공 미로노프와 그의 주변세계가 그려지지만, 작품의 끝에서 미로노프가 어떤 정신과 의사에게 치료를 받으며 자신의 이야기를 했고, 그것을 다시 작가인 '나'에게 해주었다는 사실이 전해진다. 그러니까 그때까지 독자들이 읽은 내용은 사건과 주인공의 진행이 아니라 누구에게 들은 이야기를 작가가 재구성해서 들려주었다는 사실이 알려지게 되고, '나'가 이 이야기를 좀 더 확인하기 위해 정신이 정상으로 돌아온 미로노프를 찾아가 보는 장면으로 소설은 끝맺는다. 이처럼 작가와 화자, 주인공이 맺는 관계는 매우 조금씩 변형되면서 작품마다 색다른 분위기를 부여하고 있다.

「어떤 소설」은 이러한 관계 자체에 대한 작가의 복잡다단한 생각을 가장 극적으로 보여준다. 여기서 작가는 작품을 전지적으로 서술하는 자이면서 자신을 굳이 감추려고 하지 않고, 때로 자신의 견해를 가지고 소설 속의 논쟁에 끼어들기까지 한다. 그러나 소설의 주인공 역시 스스로 '소설 밖으로' 걸어 나와 스스로 소설을 완결시키고자 한다. 소설의 주인공이 자신을 쓰겠다는 것이다! 그리하여 작가와 주인공 사이의 논쟁은 소설과 현실, 주인공, 독자에 대한 문제를 제기함으로써 소설 창작의 정체성에 대한 극단적인 자기 점검을 수행한다. 즉 이 작품은 소설에 대한 소설인 셈이다. 고리키는 새로운 형식과 다른 어조의 추구에 있어 드디어는 자신의 추구 자체까지도 소설의 대상으로 호명해내고 있는 것이다.

이러한 단편들의 형식과 시점이 말해주는 '새로운 형식'과 '다른 어조'의 핵심은 무엇인가.

무엇보다 우선 지적할 수 있는 것은 작가의 평가적, 이념적 시점으로부터 독립한 주인공의 생애와 내면이 그려지고 있다는 점이다. 이전까지의 고리키의 문학이 직접 체험에 기초한 사실적 구성에 주로 의지하는 작품이었고, 거기서 작가는 항상 일정한 평가적 관점을 유지하고 그 관점을 대변하는 주인공을 가지고 있었다면, 이에 비해 이 작품집의 여러 주인공은 화자인 '나'의 생애와 의식으로부터 독립적인 주인공들이라고 말할 수 있다. 화자인 '나'는 우연히 만난 주인공으로부터 그의 생애와 의식에 대한 이야기를 듣고, 그 들은 바를 우리에게 전달해줄 뿐이지 주인공의 생애와 의식의 변화과정에 조금의 참여도 하고 있지 않으며 또 할 수 있는 시간적 지위에 있지도 않다. 그리고 화자-'나'-주인공이 완전히 일치하는 일인칭 고백 시점 역시 그 효과에서는 앞의 경우와 다르지 않다. 물론 작가는 주인공의 선택과 구성을 통해 자신의 평가적 이념적 관점을 실현하기 때문에 형식 그 자체만으로 작가의 시점이 극복되었다고 말할 수는 없다. 그러나 고리키에게 있어서 이 시기에 이러한 형식은 다양한 소재와 주인공, 주인공들의 이념적 다양함과 존재적 다양함을 그대로 작품에 담아내기 위해서, 즉 다른 고리키로 태어나기 위해서 불가피한 문학적 실험이었다.

「영웅」의 주인공 '나'-마카로프는 영웅과 뛰어난 천재가 역사를 바꾼다는 그릇된 영웅관에 사로잡혀 있다가 혁명을 맞이하게 되자 극심한 정신적 공황상태에 빠져버리는 인물이다. 그는 "어린 시절, 사람들에 대한 두려움을 배우기 전에 나는 바퀴벌레, 꿀벌, 쥐를 먼저 두려워했다. 그리고 좀 더 커서는 뇌우, 눈보라, 어둠의 공포가 나를 괴롭혔다"고 독백적 고백을 시작한다. 자연 현상에 대한 공포 때문에 그는 책읽기를 좋아하게 되었고 주위 사람들로부터 매우 똑똑하다는 평가를 받을 수 있었다.

> 나는 아주 일찍부터 고독함의 긍지를 느꼈고 어렴풋하지만, 그것을 자립적인 개인을 자유롭게 자라게 해주는 유일한 영역이라고 이해했다. (「영웅」)

이런 분위기에서 성장한 '나'는 김나지움에 입학하면서부터 다양한 철학적, 이데올로기적 경향들과 접하게 된다. 특히 천재란 민중으로부터 혈연적으로 독립되어 있다고 주장하는 역사 교사 노바크의 영웅관에 깊이 공감한다. 그는 역사적인 인물들을 열거하면서 이들이 당대 그 사회의 민중과 아무런 혈연관계가 없고, '민족을 넘어서서, 민족보다 더 높은 곳에서' 왔다고 강변한다. 이런 가르침에 어떤 진실이 있다고 생각하면서도 '나'는 그런 말이 자신을 무엇인가에 속박하고 있다고 느끼고 다소 불쾌하고 마음이 무겁다. 그는 자연에 대한 공포와 더불어 살아있는 현실에 적극적으로 동참하려는 의지가 없었기 때문에 노바크의 영웅주의에 대해서도 쉽사리 동조하지 못한다.

'나'의 삶과 의식에는 무엇보다 자연에 대한 공포, 살아있는 현실에 대한 공포가 가장 근본에 자리 잡고 있다. 따라서 '나'는 단순한 삶과 안락한 삶의 유혹에만 관심이 있을 뿐이다. 이러한 삶의 지향이 조금이라도 흔들리면 그는 방어적인 행동에 나선다. 김나지움을 중도에 그만두고 도망치듯 고향으로 내려와 주저앉아 버린다든지, 사회가 혁명의 분위기에 휩싸이자 자발적으로 보안기관의 정보원이 되려고 보안대장을 찾아가기도 한다. 그러나 보안대장이 보기에 혁명조직에 잠입하여 활동할 능력도 배경도 없는 '나'-마카로프는 정보원으로 발탁되지 못한다. 그러나 '나'는 도시로 나가 반혁명적이고 군주제 옹호자인 노바크를 찾아갔고, 그의 소개로 반혁명 지도자인 '어른'을 만나 정신적 지주로 받들며 그의 일을 돕는다. 그러나 결국 혁명이 발발해버렸을 때 당황하고 공포에 빠진 노바크와 '어른'을 보면서 '나'는 심한 배신감에 빠진다. 자신의 안락을 지켜 줄 것으로 알았던 노바크와 '어른'이 누구보다도 더욱 공포에 휩싸인 것을 보고 그는 항변한다.

"더러운 인간!"

나는 이 순간까지는 느껴보지 못했던 달콤한 쾌감마저 느끼면서 그에게 말했다.

"나는 당신을 두려워하며 당신을 믿었어. 당신이 강하고 무서운 사람이라고 믿었다고. 이제 나는 뭘 믿고 뭘 두려워해야 하는 거지? 당신이 내 안에 공포를 죽여 버렸어, 내 안의 인간을 죽여 버린 거라고! 이 더러운 인간아!" (「영웅」)

그리고 이후에는 강도들과 어울려 잔혹한 살인마가 되고 감옥에 갇히게 된다. 하지만 그렇다고 해서 '그게 무슨 상관인가'라고 이 단편은 끝맺는다.

이렇게 이 작품은 주인공에게 몹시 독립적인 관점을 보장하는 문체적인 중립성을 확보하고 있다. 일인칭 독백적 관점의 작품에서 작가는 풍자적 어조나 작가적 일탈이라는 방법을 취하지 않고서는 자신의 관점을 작품에 도입하기가 어렵고 제한적일 수밖에 없다. 또한, 고백하는 자로서 현재의 마카로프는 도덕적으로 타락하고 인간적으로 황폐해진 강도에 살인자일 뿐이다. 그런 잔인무도한 인물의 관점에서 고백하는 이야기에 어떻게 도덕적인, 혹은 혁명적 이념의 승리라는 관점을 넣을 수 있겠는가.

「카라모라」, 「특이함에 대하여」 역시 그 어조와 형식이 매우 새롭다. 「카라모라」의 주인공 '나'는 혁명 후 반혁명활동분자로 체포되어 '어떻게 이런 일이 일어났는지를 쓰라'는 명령을 받는다. 그는 쓰지 않겠다고 다짐했지만 다른 사람이 아니라 '자신을 위해서' 기록할 것을 결심한다. 이 작품은 그래서 감옥에 앉아 사형을 기다리는 사람의, 매우 자제심이 많으면서도 죽음을 앞두고 감정의 회오리에 문득문득 빠져드는 사람의 단편적이고 일관되지 않은 생각들에 대한 속기록이다.

그의 고백 수기에 따르면 '나'(별명이 카라모라)는 혁명 운동의 중심적 인물이자 헌신적인 인물이었다. 그러다가 정보기관에 매수된 위장 활동가 포포프를 날카롭게 알아보고 은밀히 교수형을 시켜버린다. 그러나 그는 살해 혐의로 체포되었다가 그 자신이 기관의 협조자가 되어 혁명가들을 밀고한다. 그리고 혁명이 일어난 뒤 반혁명혐의로 체포되어 사형을 기다리고 있다. 그는 자신이 혁명에 뛰어든 것은 진정한 사회주의자로서의 이념적 확신이 있었기 때문이 아니라, 단지 권력을 사랑하고 남과 구별되는 특이해지기 위한 욕망 때문이었다고 고백한다.

> 나는 이성으로 사회주의 사상을 진리로 받아들였지만 이 사상을 태어나게 만든 그 사실들은 내 감정을 움직이지 못했다. 사람들이 불평등하다는 사실은 나에게 자연스럽고 당연한 것이었다. (……) 어렸을 때부터 남을 명령하는 일에 익숙했고 쉽게 복종하게 만들 수 있었던 나에게는 사회주의자에게 필수적인 어떤 것이 부족했다. 사람들에 대한 사랑, 그게 뭐야? 난 그런 게 뭔지 모른다. 간단하게 말하면 사회주의는 내 키에 맞지 않았다, 나보다 작은 건지, 큰 건지는 몰라도. 사회주의와는 전혀 상관없는 사회주의자들을 나는 많이 보았다. 그런 사람들은 마치 계산기와 같아서 무슨 수를 집어넣든지 상관없이 항상 결과가 올바르게 나오면 된다. 거기에는 영혼은 없고 오직 형해화된 산술만이 있을 뿐이다. (「카라모라」)

이것은 그의 혁명 활동에 대한 냉엄한 자기 성찰과 자기 분석의 기록이다. 단순히 변절한 혁명가의 내면을 스스로 폭로하는 부정적 인물의 자기 분석이 아니라, 혁명 활동의 어두운 본질 중 하나를 매우 통렬하게 지적하는 것이다(『시의에 맞지 않는 생각들』에서 고리키 자신의 논조가 그러하지 않았던가!). 기록은 매우 단편적으로 사실과 해석이 뒤엉켜서 서술된다. 그리고 단 한 번도 작가적 개입이나 비판의 어조가 개입되지 않는다. 그를 심문하는 수사관도 그에게 글을 쓰도록 촉구하기 위해 등장할 뿐이다. 그를 매수했던 시모노프도 마찬가지다. 그래서 전체적으로 이 작품은 당시 소련의 비평가들에게 이념적으로 매우 불쾌했을 것이다. 혁명에 성공한 이후, 혁명에 대해 매우 비판적이고 부정적인 태도를 보였던 고리키가 외국에 나가서 쓴 단편이, 변절한 혁명가의 내면세계에 대한 빠짐없는 기록이라니, 도대체 고리키는 이 작품에서 무슨 생각을 드러내려는 것인가?

카라모라에게는 영원히 해결될 수 없는 문제, 즉 존재와 의식의 불일치에 대한 고뇌와 갈등, 또한 자신의 존재와 의식을 부정하려는 끝없는 추구와 실험이 운명처럼 지워져 있다. 이러한 추구와 실험이 자유롭게 이루어지기 위해서는 살아있는 존재와 의식에 대한 냉정한 응시가 필요하고 어떤 외부적 간섭, 기존의 완결된 이념의 개입은 방해가 될 뿐이다. 고리키에게 있어 사형을 앞둔 사람의 가장 절실한 자기 고백과 자기 분석이 필요한 것은 바로 이것 때문이며, 또한 바로 그 이유로 고리키는 작품에 작가의 직접적인 개입이나 주석을 최대한 자제하고 있다. 고리키는 카라모라의 어떤 견해에도 직접적인 비판을 삼가함으로써 카라모라의 존재와 의식이 있는 그대로의 보편적인 진실이라는 사실을 아주 간접적으로 암시하는 것이다. 이 단편의 마지막 아포리즘 같은 표현들은 그래서 더욱 깊은 울림으로 들린다.

> 눈에는 '수정체'라는 것이 있어 그 덕분에 올바르게 볼 수 있다고들 말한다. 인간의 영혼에도 그런 수정체가 있어야만 했다. 하지만 그런 것은 없다. 영혼에 그런 것이 없다는 데 문제의 핵심이 있는 것이다.
>
> "정직하게 사는 습관? 그건 올바르게 느끼는 습관이다. 하지만 올바르게 느낀다는 것은 그것을 완전히 자유롭게 드러낼 수 있을 때만 가능하다. 그런데 인간이 성자가 아니라, 아니면 영혼에 눈먼 것이 아니라면, 감정을 자유롭게 드러낸다는 것은 인간을 짐승이나 속물로 만들어 버린다. 그래, 어쩌면 눈이 멀었다는 것, 그것은 성스럽다는 뜻 아닐까?"
>
> 그런데 내가 정말 오직 진실을 볼 수 있었던 그 어린애라면?
>
> '임금님은 벌거숭이야, 안 그래?'
>
> 또다시 내게 기어드는 생각들……
>
> 지긋지긋하다. (「카라모라」)

「특이함에 대하여」의 즈이코프의 삶과 의식 역시 이와 같은 문제의식에서 파악될 수 있다. 즈이코프는 출신도 분명치 않은 하층 농민 출신으로 역사과정 속에서, 사회적 투쟁 속에서 자신의 자리를 발견해나가는 인물이다. 그는 다소 우연적이면서도 어느 정도 의식적인 필연성 속에서 빨치산 부대에 합류하고 볼셰비키가 된다. 그는 사회적으로 성장하고 발전해가는 형상인 것이다. 그러나 즈이코프의 이러한 외적인 성장과는 달리 그의 내면세계, 즉 의식의 세계는 크게 변화하지 않는다. 그는 스스로 바보 흉내를 내면서 많은 사람의 이야기에 귀를 기울이고 거기에서 얻은 말들을 나름대로 편집해서 자신의 말로 만들어 쓴다. 그가 듣는 많은 구절은 그에게 단순화되고 편리하게 왜곡된다. 그는 감옥에서 어떤 노인이 하는 단순한 삶에 대한 설교를 듣고 그것을 일반화한다.

"단순함이 필요해. 사람들은 모두 쓸데없는 일들 속에 뒤엉켜 있어. 그래서 서로가 서로를 숨 막히게 하지. 삶의 단순화가 필요한 거야."

(……)

"세상의 죄악과 재난은 모두 특별해지고 남과 달라지려고 하는 데에서 생기지. 거기에 비애가 있는 거다! 바로 거기서부터 온갖 귀족주의나 관료주의, 명령이나 폭압이 나오는 거야. (……) 특별함이 있는 곳에 권력이 있고 권력이 있는 곳엔 적대감과 비타협과 온갖 광기가 있어. (……) 인간은 자신만을 지배해야지 다른 사람을 지배해서는 안 되는 거야."

(……)

"영혼을 북돋아야 해. 중요한 것은 영혼의 자유야, 그것이 없다면 인간이 아니야."

난 이런 생각들을 모두 굶주린 자가 보드카를 들이켜듯 꿀꺽꿀꺽 삼켰지요. 정말 내 영혼은 즉각 환하게 열리는 것 같았어요. (「특이함에 대하여」)

즈이코프는 '활짝 열린 영혼'에 의존해서 이제 모든 '특이한 것'에 대해 편집증적인 질투를 느낀다. 모든 정치가와 정당의 논리, 심지어 자신의 보호자였고 존경해 마지않던 의사의 논리도 모두 남과 달리 특이해지려는 욕구의 소산이라고 믿는다. 그의 이런 사상은 사회주의 이념과 제멋대로 뒤섞여 보편적 평균화 이론, 무정부주의적 무권력의 이상 등으로 변질된다. 여기에서도 작가 고리키는 즈이코프라는 존재의 발전과정과 그의 의식의 불일치를 집요하게 추적해간다. 그의 의식은 그가 처한 존재의 현실과 일치하지 않고, 그가 겪은 현실은 올바르게 의식에 반영되지 못한다. 이렇게 즈이코프의 사회적 존재가 자신의 의식 수준과 불일치한 상태로 발전해감으로써, 즈이코프 형상은 그 존재와 의식의 넓은 간극 속에 형상화된다. 즈이코프가 어쩌면 자신의 의식과 가장 유사한 존재인 한 은둔자 노인을 살해하는 것은 그 간극을 뛰어넘으려는 가장 극적인 시도였지만, 살해된 것은 은둔자가 아니라 아마도 자기 자신의 살아있는 의식(!)이었을 것이다.

> 예, 예, 사람들 참 어리석지…… 하지만 대체 왜 그럴까요? 그들의 구원은 단순함에 있다는 걸 모르고 특이한 것을 원하기 때문이지요. 내게도 그 특이함이란 것이 목덜미를 꼭 붙잡았어요. 그래서 만일 내가 어떻게 살아야 하는지 모르고, 그리고 하느님을 믿었다면 나는 하느님께 땅속에 숨어 살 수 있게 두더지가 되게 해달라고 빌었을 겁니다.
>
> 자, 이제 이따위 모든 악마의 구조물은 파괴되고 무너져 버렸으니 이제 사람들이 가벼운 질서로 나아가기를 기다려야만 하겠지요. 모두들 단순함 속에 삶의 지혜가 있다는 걸 이해하기 시작했습니다. 그리고 우리의 잔혹한 특별함은 저 멀리로 쓸어내 버려야겠지요. 특이한 것, 그것은 우리를 파멸시키려고 악마가 고안해낸 것이죠. (「특이함에 대하여」)

이렇게 「영웅」, 「카라모라」, 「특이함에 대하여」 등에 등장하는 혁명과 연관된 내면을 드러내는 인물들은 그들의 사회적 전형화와 이에 따른 도덕적 평가에 초점을 맞춰 읽기는 힘들다. 이들은 사회적 격변 속에서 인간의 존재와 의식의 차이와 갈등, 불일치를 끝없이 관찰하고 목격하고 증언하는 인물들일 뿐이다.

『1922-1924년 단편집』의 '새로운 형식'과 '다른 어조'의 핵심은 작가의 이념적 시각으로부터 독립한 주인공의 독자적 형상화에 있다. 작가는 자신의 독백적 이념에 따라 작품 속 인물들을 이념적으로 위계화하지 않고, 주인공들의 살아있는 모습 그대로, 즉 존재와 의식의 차이와 갈등의 현장을 그대로 제시하고자 한다. 따라서 독자는 작가의 이념이 아니라 주인공들이 말하는 순간, 말하는 상황, 말하는 의도, 분위기 등에 더욱 집중하여 그들을 이해하게 된다. 작가는 소설이라는 이야기 전략 자체를 노출하며 그 이야기 뒤로, 주인공 뒤로 숨어버리고 작품의 원재료와 가공된 제품을 우리에게 보여주는 것이다. 특히 주인공들은 자기의 말로 모든 것을 진술하기 때문에 독자는 소설을 읽으며 주인공의 말이 옳은지, 신뢰할만한 것인지 거듭 되묻지 않을 수 없다. 독자는 작가의 말을 찾거나 주인공들의 말에 완전히 동화되지 않고 자기 자신의 독자적인 프리즘을 통해 소설을 읽어야만 한다. 하지만 자신의 독립적인 프리즘으로 읽는다면 이 소설은 긍정도 반감도 필요로 하지 않고 살아있는 존재에 대한 미적 체험을 제공하고, 이를 통해 그 존재와 의식의 불일치와 모순의 다양한 역동성 자체를, 그 미완결의 생동감을 느끼도록 요구하고 있다는 것을 알 수 있다.

『1922-1924년 단편집』의 이러한 특성은 고리키 인간주의가 새로운 깊이와 성찰로 나아가고 있음을 말해준다. 당당한 인간, 혁명적 인간, 집단주의적 인간, 문화와 민족문화 속의 인간에 대한 성찰로부터 이제 고리키는 인간의 내적 정체성과 사회역사적 존재양식의 문제를 정면으로 응시하고 있다. 혁명을 위한 부단한 노력, 그리고 혁명의 성공과 그 과정을 그 한가운데에서 체험한 고리키가 인간의 존재와 의식이 쉽게 일의적으로, 일면적으로 일치하는 것이 아님을 확인하면서, 개인으로서의 인간과 역사적 존재로서의 인간 그 복잡다단한 갈등과 불일치에 대해 더욱 폭넓게 파악해가기 위해 노력하고 있는 것이다. 그리고 그러한 탐색과 성찰은 당연하게도 인간에 대한 현대적 이해에 그 깊이와 폭을 더해주고 있다.

『클림 삼긴의 생애』와 이념적 인간의 운명

1917년 러시아 혁명 이후 볼셰비키 정권과 갈등과 타협이라는 긴장된 관계 속에 있던 고리키는 1921년 레닌의 권고를 받아들여 신병치료라는 명목으로 해외로 나간다. 그리고 독일 등 유럽에 머물며 러시아 혁명에 대한 서구의 반응을 접하기도 하고, 혁명 전후 미루어두었던 작품 창작에도 몰두한다. 체홉과 톨스토이, 코롤렌코, 예세닌 등 자신이 만났던 문학가들에 대한 회고의 글도 쓰고, 자전적 삼부작의 마지막 편 『나의 대학』, 그리고 『일기로부터의 단상. 회상기』 등이 이 시기 작품들이다. 1923년, 이탈리아에 정착한 고리키는 당시 해외에 망명해 있던 많은 지식인과 교류하며 자신의 삶과 문학에 대한 차분한 성찰의 시기를 가질 수 있었다. 1925년부터 구상하여 집필에 들어간 『클림 삼긴의 생애』는 혁명 전 40여 년에 걸친 러시아 지성계와 사회변화에 대한 종합적인 반성과 성찰이자 자신의 인간주의에 대한 최종적인 종합의 성격을 지니고 있다.

『클림 삼긴의 생애』는 1925년에서부터 1936년 사망할 때까지 계속해서 집필된다. 고리키는 모든 것을 '총결산하는' 작품이라며 완성하기 전에는 죽을 권리조차 없다고 말할 정도로 이 작품의 창작에 최후의 모든 역량을 기울였다. 한 증언에 따르면 그는 이 작품을 동시대를 넘어 오십 년 뒤의 세대에게 헌정하는 작품이라고 말하기도 했다.

> 맨 처음에는 그 누구도 이 소설을 이해하지 못할 것이고 비난할 겁니다. 그래요, 벌써들 욕하고 있지요. 십오 년이 지나면 누군가 그 속에 들어있는 핵심을 알아차릴 겁니다. 이십오 년이 지나면 학술원 학자들이 분노할 겁니다. 그리고 오십 년이 지나면 이렇게들 말할 겁니다. '막심 고리키라는 작가가 있었다. 많은 걸 썼는데 전부 다 엉터리다. 그에게서 건질 게 있다면 그건 『클림 삼긴의 생애』라는 소설뿐이다.' 그리고 알렉세이 막시모비치는 자신이 이 마지막 견

해들에 동참하겠다고 말했다.[32]

고리키는 이 마지막 작품이 동시대에 환영받지 못할 것이며 오십 년 후의 세대가 이해할 수 있으리라고 예언 아닌 예언을 한 셈이다. 실제로 이 작품은 처음 1부가 출판되면서부터 당대 소련 문학계에서 격렬한 비난을 불러일으켰고, 이후 상당 기간 소련 문학에서 그저 프롤레타리아 작가 고리키의 마지막 미완의 소설이라고 언급되었을 뿐이다. 이 작품이 연구자들의 본격적인 연구 대상이 된 것은 20세기 말 소련의 몰락 이후였다.

『클림 삼긴의 생애』는 주인공의 탄생에서부터 1917년 2월 혁명 전야까지 40여 년에 걸친 한 변호사의 파란만장한 생애를 다루고 있다. 그러니까 소설의 세계는 고리키 자신이 실제로 겪고 느낀 시대와 거의 일치하는 셈이다. 작품 속 사건과 인물들 역시 실제 현실 속의 구체적인 역사적 시공간을 살아가고 있다.

주인공 클림 삼긴은 작은 소도시 지식인 가정에서 태어나 어린 시절을 보내고 수도 페테르부르크의 대학에 진학하여 변호사로 활동하는 인물이다. 그는 어려서부터 남의 말에 예민한 병약하고 예민한 성격으로, 아이들과 더불어 놀기보다 일

32 Ходасевича Валентина, “Таким я знала Горького」”, Новый мир, 1968, No. 3, p. 58.

정한 거리를 두고 관찰하는 편을 좋아한다. 대신 그는 어른들 말을 주의 깊게 기억해 두었다가 필요할 때 어른들 말을 적절히 구사하여 주위 사람들을 놀라게 한다. 그의 영혼에는 온갖 남의 언어들만 가득하고 자신의 언어는 없다. 대신 그는 수많은 대화를 엿듣고 기억하며 그런 남의 언어로 세상을 이해하고 설명한다. 이런 성격의 클림 삼긴은 중등학교와 대학을 다니면서, 그리고 졸업 후에 변호사로 활동하면서 보다 다양한 사람과 역사적 사건들을 접하게 되고, 더욱 다양한 생각과 이념의 언술체계를 축적해간다. 때때로 그는 자기의 생각을 주장해 보려고 하지만 대체로 그런 시도는 실패로 끝난다. 기본적으로 그는 어떤 이념의 신봉자나 행위자가 아니라 수동적 관찰자이다. 클림은 항상 자기 분열적인 상태로, 즉 혁명에 공감하거나 혁명가적 능력을 지니고 있지 못하면서 겉으로는 혁명적인 인물로 비추어지는 불안한 상태로 동요하며 살아간다. 마침내 클림 삼긴은 자신이 오랫동안 품어왔던, 즉 내면의 자아가 요구하는 자신의 진정한 모습을 실현한다며 그 무엇으로부터도 자유로운 「독립신문」을 만들겠다고 결심한다. 그러나 미처 그것을 실현하기도 전에 그는 이월혁명의 소용돌이에 빠져든다.

클림 삼긴의 이런 운명이 전개되는 과정에 수많은 등장인물이 출현하여 다양한 이념적 입장을 드러낸다. 볼셰비키 혁명가로부터 극우적인 자본가, 전제정치의 옹호자, 신비주의적 종교가, 회의주의자, 무정부주의자, 볼셰비키와 멘셰비키, 인민주의적 테러리스트와 사회혁명당원, 입헌공화파, 경찰의 첩자 등등 수많은 등장인물은 각자 나름의 이데올로기적 삶을 살아가며 모두 클림의 운명과 다양하게 교직된다. 이들이 보여주는 이념의 스펙트럼은 '800인 800색'이라고 말할 수 있을 정도이다. 작품에는 실제의 역사적 사건들도 많이 그려진다. 니콜라이 2세 황제의 즉위식과 이를 기념하여 기념품을 나눠주는 호딘카 들판에 군중들이 몰려들어 발생한 거대한 압사사건, 니즈니노브고로드 전러시아 산업박람회, 1905년 피의 일요일 사건과 모스크바 봉기, 1차 세계대전의 발발과 이월혁명 등 구체적인 역사적 사실들이 작품에 수용되고 실제 역사적 인물들도 수없이 언급된다.

『클림 삼긴의 생애』의 등장인물들은 모두 자신의 삶의 방법, 세계에 대한 자신의 태도 등을 내세우거나 그를 두고 다른 사람들과 논쟁을 벌이는 데 열중한다. 모두 한결같이 이념과 말에 매우 민감하게 반응하는 것이다. 클림 삼긴이라는 주인공은 수많은 인물의 다양한 이념적 주장들을 보고 듣고 평가하고 독자에게 전달하는 기능을 수행한다. 이런 점에서 그는 구체적인 형상이면서 환영적 존재다. 그는 다른 사람들의 견해와 입장을 객관적으로 제시하는 거울 같은 존재이면서 동시에 그것을 스스로 평가하고 왜곡하는 존재인 것이다.

작품에 등장하는 모든 이념은 서로 대화의 형식을 취하지만 상호 이해를 위한 대화가 아니라는 점에서 철저히 독백적이다. 또 어떤 이념에도 작가가 전적인 공감을 부여하지 않고 그 반대의 세계 또한 분명히 제시한다는 점에서 『클림 삼긴의 생애』는 이데올로기의 운명 자체를 그리고 있는 작품이다. 이런 점에서 이 작품의 주인공은 클림 삼긴이 아니라 바로 이념 그 자체라고 말할 수 있을 것이다. 이념이 어떻게 발생하여 발전해 가는가, 그리고 수많은 이념의 혼란한 대화와 투쟁 자체가 어떻게 물질적 힘으로 현실에 작동하고 있는가에 대한 작가적 의문이 이 작품의 근본적인 창작 동기인 셈이다.

혁명 시기 가장 극적인 논쟁의 대상이었던 볼셰비즘과 마르크스주의에 대한 여러 등장인물의 태도를 통해 이 작품의 특징을 대표적으로 살펴보자.

볼셰비키와 마르크스주의 이념을 가장 일관되게 견지하고 있는 인물은 쿠투조프다. 그는 클림이 대학에 진학했을 때 클림의 형 드미트리 삼긴과 어울리던 대학생이었다. 쿠투조프는 놀라운 선동가이자 철저한 볼셰비키로서 모든 것을 엄격한 계급적 관점에 따라 판단하고 자신의 논리가 오류일 수 있다는 단 한 번의 회의도 보이지 않는 "강철 같은 마르크스의 논리"로 무장한 혁명가이다. 쿠투조프 형상은 고리키의 초기 단편의 당당한 인간, 첼카쉬, 사친, 『어머니』의 파벨 블라소프 등의 계보를 잇는다고 말할 수 있을 정도다.

쿠투조프는 동지에게 보내는 한 편지에서 혁명에 대한 자신의 신념을 이렇게 표현한다.

"세상은 중병에 걸려 있소. 자유주의 휴머니즘의 약한 물약으로는 치유할 수 없다는 것은 아주 분명합니다. (……) 외과수술이 요구되는 거지요. 곪을 대로 곪은 상처를 도려내고 썩은 종기를 뽑아내야만 합니다." (『클림 삼긴의 생애』)

쿠투조프는 모든 것을 오직 계급적 관점으로 환원하고 그에 어긋나는 다른 사람들의 생각과 말에 대해 가혹하게 비판한다. 아직도 러시아에 영향력을 행사하고 있는 인민주의에 대해서는 이렇게 말한다. "인민주의자들이 교활한 언사로 가득 찬 가방을 아무리 꿰매보려고 해도 계급적 송곳을 감출 수는 없지." 그리고 귀족 출신의 회의주의자 투로보예프에 대해서는 "그 친구의 회의주의는 완벽해. 그건 말이지. 마치 자기 계급이 그 역할을 다하고 비존재로의 경사면을 따라 빠르게 미끄러져 내려가는 것을 잘 느끼고 있는 그런 사람의 세계관이랄 수 있지." 그리고 한때 사랑을 나누었던 마리나 조토바에 대해 간단하게 정리한다. "지식인이지. 건강하고 훌륭한 두뇌를 가졌지. 그런 두뇌의 발전과 자유로운 현현은 부르주아의 계급적 이해의 도식과 규범들에 의해 제한되어 있지."

클림은 쿠투조프의 분명한 논리 앞에서 자신을 방어할 능력을 잃고 허둥대지만, 쿠투조프의 본질에 대해서는 정확하게 독자에게 보여준다.

> "쿠투조프주의로 나타나는 볼셰비즘은 사람들을 아주 분명한 이해관계의 선으로 엄격히 규정된 집단으로 나눔으로써 삶을 단순화하고 있어. 각각의 인간이 계급과 집단의 의지에 따라 행동한다면, 그럴듯하게 교묘히 짜낸 말 뒤에 자신의 진정한 바람과 목적을 아무리 숨기려 해도 항상 그 진정한 본질을, 집단적 계급적 명령의 힘을 폭로해낼 수 있을 거야." (『클림 삼긴의 생애』)

클림 삼긴은 쿠투조프주의를 수용한다면 자신의 지적 능력을 부각시키고 남과 다른 면모를 보여주기에 매우 유용할 것으로 판단한다. 클림은 확고한 신념이라곤 전혀 없이 상황과 편의에 따라 누군가의 언술 체계를 자신의 것으로 적당히 차용하여 자신을 위장하는 인물이다. 그 가운데 쿠투조프의 언술 체계야말로 가장 유용하고 힘이 있다고 여기게 된 클림은 때때로 쿠투조프식의 언술을 행함으로써 주위 사람들에게 비밀 활동을 수행하는 아주 신중한 인물로 비추어지는 것을 마다하지 않는다.

그러나 마르크스주의와 볼셰비즘의 논리에 부합하지 않는 일체의 것을 배제하는, 즉 다른 모든 것으로부터 벽을 치고 고립됨으로써 이념적 순수성을 확보해내는 쿠투조프에 대한 다양한 이념적 반대자들도 등장한다. 그 가장 강력한 이념적 대립자는 회의주의자 투로보예프다. 그는 쿠투조프의 엄격한 계급철학과 혁명의 논리에 대해 "하지만 말이죠, 만일 계급철학이라는 것이 삶의 모든 수수께끼를 푸는 열쇠가 아니라 자물통을 깨부수는 것이라면 어떻하죠?"라고 이의를 제기한다. 투로보예프는 정치적 선동가들의 적이며 그 시대의 모든 지배 이념 중 어느 것에도 견해를 같이하지 않는 회의주의자다. 그는 쿠투조프의 규정에 따르면 '퇴화하는 계급의 대표자'일 뿐이다. 그러나 그의 지혜와 독립적 태도에 대해서는 쿠투조프조차 인정하지 않을 수 없다. 그는 쿠투조프가 냉소적 웃음을 담지 않고, 경멸도 담지 않고 함께 이야기를 나누는 유일한 인물이다. 쿠투조프는 투로보예프를 "지혜로운" 녀석이고 "유독하다"고 이중적으로 평가한다. 문화의 운명에 대한 투로보예프와 쿠투조프의 대화의 한 장면을 보자.

"문화가 죽어가고 있다는 것은 아주 분명해. 사람들이 남의 힘으로 살아가는 데 익숙해져가고 이러한 습관은 모든 계급을, 사람들의 모든 태도와 행동들을 철저히 관통해가고 있기 때문이지. 나는 이런 습관이 노동의 짐을 벗으려는 사람들의 바람에서 나온 것이라고 생각해. 그러나 그것은 인간의 제 2의 본성이 되어 이젠 혐오스런 형태를 띨 뿐만 아니라 노동의 깊은 의미를, 그 시적 본성을 뿌리째 뽑아버리고 있거든." (『클림 삼긴의 생애』)

사회주의로서도 이와 같은 문화의 퇴락을 완전히 고칠 수 없을 것이라는 투로보예프의 견해에 대해 쿠투조프는 '방 한가운데 비석처럼' 서서, '눈썹을 높이 치켜뜨고', '손을 주머니에 넣고', '우호적인 웃음을 지으며' 대답한다. 쿠투조프는 자신의 견해에 강력한 이의제기가 될 수 있다는 사실을 누구보다 잘 아는 듯 투로보예프의 견해에 대해 긴장한다. 그리고는 "이상주의자요, 당신, 투로보예프! 그리고 낭만주의자고. 그건 이미 완전히 시대에 맞지 않는 거요."라고 평소의 자신에 어울리지 않게 당황해하며 적극적인 논쟁을 회피한다. 이처럼 쿠투조프는 투로보예프의 강렬한 회의와 날카로운 비판에 대해 정면으로 논쟁을 벌이지 않으려 하고 때로는 '메마르게 껄껄'거리거나 때로는 당황해서 '흥분한 듯 큰소리로' 응수한다.

쿠투조프에 대해 투로보예프가 이념적으로 맞서는 장면 역시 클림 삼긴의 눈앞에서 전개된다. 이들의 논쟁이 클림의 관찰과 전달에 의해 작품에 제시되는 형식을 취함에 따라 독자는 이들의 논쟁에 대해 한편 직접 대화를 듣는 것 같이 느낄 수 있고, 다른 한편 클림이라는 매개자를 의식할 수밖에 없다. 클림 삼긴은 다른 사람들이 벌이는 논쟁을 직접 아무런 평가나 왜곡 없이 듣고 전달하는 역할을 하거나 혹은 자신의 의식 속에서 자신의 평가적 어조를 덧붙여 작품에 수용하는 것이다. 물론 클림 자신도 쿠투조프의 견해에 대해 마음으로 강력한 이의를 제기하고 싶을 때가 있다. 이를테면 쿠투조프가 자신이 유형을 갔던 시골 사람들에 대해 이렇게 말하는 장면을 보자.

> "혁명은 당장 내일이 아니지." 쿠투조프가 끓고 있는 사모바르를 바라보며 휴지로 턱수염을 닦으면서 대답했다. "혁명에 이르기까지 일부는 분명 뭔가 필요한 일을 할 수 있는 사람들로 바뀔 거야. 하지만 대다수는 수동적으로든 적극적으로든 혁명에 대적하려 할 것이고 그 과정에서 죽게 될 거라고 생각할 수밖에 없어."
>
> "당신에겐 모든 것이 단순하군요." 바르바라가 마치 수긍한다는 듯 말했다. 삼긴은 얼굴을 찌푸리며 중얼거렸다.
>
> "하지만 그건 그리 단순한 일이 아니지요."
>
> "아니 그럼 어쩔 거란 말인가?" 쿠투조프가 웃으면서 되물었다. "혁명에서는 말이요, 나는 사회혁명을 염두에 두는 건데, 제 삼의 길을 배제한 논리적 법칙이 가차 없이 작동하지, 예냐 아니냐."
>
> 삼긴은 '그건 잔인해'라고 말하고 싶었다. 그리고 더 많은 것을 말하고 싶었다. (……)
>
> '그의 모든 사상은 틀림없이 그가 자신의 신념에 옭아맨 사슬과 같아. 그래 그는 강력한 인물이야. 그러나……?'
>
> 삼긴은 '그러나'하고 쿠투조프와 논쟁을 벌이고 싶었다.

하지만 논쟁하기 위해서는 의욕 말고도 자신의 '언술체계'가 필수적이었다. (『클림 삼긴의 생애』)

이처럼 클림은 쿠투조프에 대해 대항하고 싶은 욕망을 종종 느끼지만 스스로 독자적인 언술체계를 전개할 능력은 없다. 하지만 클림의 내면적 수용에 의해 드러나는 쿠투조프는 본질적으로 '하나의 이념에, 그것도 다소 기형적으로 그 이념에 갇힌, 자신의 신념에 맹목인 사람'이다. 또한, 쿠투조프는 '무례한 말, 어색한 제스처, 겸손한 척하는 사람 좋은 미소, 멋진 목소리 – 그 모든 것들이 완벽한 조화를 이루고 그것들 하나하나가 기계의 각 부품이 완제품을 만드는 데 필요한 것처럼' 되어 있는 사람이다.

쿠투조프는 클림의 의식을 통해 철저한 혁명가적 논리를 드러내면서 동시에 클림에 의해 부정된다. 삼긴에게 쿠투조프는 그가 만난 유일한 총체적 개성이고 '그 완결성에서 아주 특별난 존재'이다. 그러나 쿠투조프의 완결성은 사람들을 굴복시키고 논리에 맞서는 능력이며 현실을 단순화시키는 능력이다. 사실 쿠투조프는 주변 인물들이 죽어가는 모습에 눈 한 번 깜박이지 않을 정도로 냉정하기 그지없다. 비무장한 시민들에게 병사들이 총을 쏘았다는 이야기를 들을 때나, 모스크바 봉기에서 수많은 노동자가 죽어가는 상황에서도 그는 매우 냉정하게 반응할 뿐이다. 철의 혁명가 쿠투조프에게 '인간,

그건 다음 문제'였다. 바로 이러한 쿠투조프의 판단에 대해 클림은 '쿠투조프주의는 삶을 몹시 단순화하고 있다'고 평가함으로써 쿠투조프 이념을 비판한다.

그뿐 아니라 다른 인물과의 대화나 평가를 통해서도 쿠투조프는 다양하게 반박된다. 앞에서 가장 강력한 반박자로 회의주의자 투로보예프를 들었지만 다른 많은 인물 역시 쿠투조프에 대항한다. 이를테면 나중에 신비적 종교주의에 빠지는 마리나 조토바는 쿠투조프에 대해 "무신론으로 인해 당신은 낙제할 거예요"라고 비판하고, 인민주의자 돌가노프는 마르크스와 엥겔스의 반-슬라브적, 반-러시아적 언술을 지적하면서 볼셰비키 일반에 대해 비판한다. "마르크스주의자는 깨끗하고 윤이 반들거리지. 항상 독일 철학의 종루에서 모든 걸 바라보고, '러시아인들도 사람이다.'라고 말한 헤겔이라든가, '슬라브인들 머리통을 부수어 버려라.'고 외쳐댄 몸젠이라든가 말이지." 결국, 그는 마르크스주의를 "이윤에 대한 유럽 독일의 가르침"이라고 폄하한다.

마르크스주의와 쿠투조프를 비판하는 많은 인물의 주장이 모두 동일한 근거를 가진 것은 아니다. 그들 각자는 자신의 이념적 입장에 따라 서로 다른 이유로 마르크스주의와 쿠투조프에 반대하고 있다. 회의주의자인 투로보예프는 자신의 회의주의적 시각으로, 마리나 조토바는 종교주의자로서, 돌가노프는 인민주의 입장에서, 마카로프는 여성주의의 입장에서 각각 나름의 논지를 전개한다. 물론 이 모든 주장과 평가와 비판은 클림의 눈앞에서, 혹은 클림이 듣는 곳에서, 혹은 클림이 다른 사람의 전언을 통해서 알 수 있도록 전개된다. 모든 이들의 이념적 판단과 주장이 클림의 의식을 통해 수용되면서 또한 클림의 평가에 의해 굴절되는 것이다. 모든 이념이 클림이라는 안경을 통과하면서 자신의 완결된 체계를 드러내는 동시에 그 반-이념과 충돌하기도 하는 것이다. 클림이 쓰고 있는 안경은 여기서 모든 이념을 거르는 이중 필터와도 같은 역할을 한다.

그 모든 이념적 입장과 갈등, 이념의 탄생과 발전, 운명을 추적하면서 고리키는 어떤 이념의 몰락이나 승리를 노래하기보다 인간의 이념적 삶의 불가피성과 그 구조를 객관적으로 보여준다. 그리고 작가는 독자의 눈앞에 다양한 프리즘을 설정해놓음으로써 현란한 이념의 세계를 독자 자신의 눈으로 바라보라는 적극성을 요구한다. 그것은 마치 '피의 일요일 사건'에 참담해 하면서 한 사내가 내지르는 외침과도 같다. "이젠 없어. 어떤 전설도, 그 어떤 전설도!", "없어, 없다고. 그 어떤 꾸며낸 이야기도!" 이 외침은 『클림 삼긴의 생애』에서 '그 어떤 이념적 신화도 더이상 없다'는 울림이 되고도 남는다. 작가는 어떤 이념에 대해서도 '이념 속에서 이념 바깥으로, 그리고 다시 안으로' 독자 자신의 이념의 수정체를 조절할 것을 요구하는 것이다.

『클림 삼긴의 생애』는 4부로 이루어진 대작이다. 거기에는 앞에서 말한 바와 같이 수많은 이념이 대화하고 대립하며 충돌한다. 인간의 개인적 삶과 의식에서부터 역사적 현실과 사건들까지 그 모든 것에 대한 이념적 언술체계화가 이루어지고, 그 밀림 같은 이념의 세계를 살아가는 수많은 개인의 삶이 펼쳐지고 있는 것이다. 고리키는 자신이 직접 참여하고 간절히 원해왔던 러시아 혁명이 성공한 후, 왜 이렇게 나약한 지식인의 삶을 그리고, 볼셰비즘의 감동적 승리가 아니라 회오리 같은 이념의 혼란을 그려내고 있을까. 그 자신의 말대로 누구에게도 환영받을 수 없는 그런 작품을 자신의 삶의 마지막 순간까지 붙들고 있었을까. 그리고 또 이 작품이 왜 이후의 미래 세대에게 헌정하는 것이라고 말했을까. 이 작품을 20세기 최고의 작품이자 미래 세대를 위한 인류 최고의 작품이라고 손꼽는 학자들은 왜 어떤 이유로 그렇게 과장하듯 말하는 것일까.

그러나 아쉽게도 『클림 삼긴의 생애』는 아직 우리말로 완역되어 소개되지 못했다. 매우 빈약하게 오역된 1부만이 어느 출판사에 의해 시도되었을 뿐, 4부에 이르는 방대한 이 소설세계는 우리에게 아직 미지의 영역으로 남아 있다. 조만간 이 작품이 완역 출판되어 고리키의 인간주의가 성장하고 깊어지는 마지막 지점을 우리가 직접 충분하게 체험해볼 수 있기만을 고대할 따름이다.

21세기 인간주의를 위하여

아방가르드 화가이자 영화와 연극 평론로 저명한 유리 안넨코프는 자신의 회고록에서 고리키에 대해 이렇게 회상한다.

고리키는 평탄하지 않은 긴장된 복잡한 삶을 살았다. 그의 예술도 그렇게 평탄하지 않았다. 그는 『어린시절』 같은, 말하자면 천재적이라 할 만한 작품을 남겼는가 하면 또 별로 재미없는 「바다제비에 대한 노래」를 쓰기도 했다(이를테면 토스토옙스키에게서와 같은 일은 결코 일어나지 않았다). 유감스럽게도(예술의 운명이 다 그렇다) 고리키의 가장 뛰어난 작품들은 가장 허약한 작품들이 인기를 누린 만큼 그렇게 인기를 누리지는 못했다.

나는 고리키의 격렬한 정신적 기질에도 불구하고 그의 필체가 드물게 고르고, 세밀하며 박아놓은 것 같다는 점에 항상 놀랐다.

"이상할 것 하나도 없어요." 고리키가 내게 이렇게 밝혔다. "그건 내 글을 읽어줄 사람에 대한 존경에서 나오는 것일 뿐이지요."[33]

안넨코프는 수많은 예술가에 대해 빼어난 평가를 많이 남겼는데, 자신과 예술적 경향이 그리 가깝지 않았던 고리키에 대해서도 흥미로운 기록을 남기고 있다. 그는 고리키의 예술성 높은 작품보다 정치적 경향의 작품이 더 인기를 누렸다는 평가와 함께 고리키의 필체가 드물게 고르고 세밀하며 박아놓은 것 같다고 주목한다. 고리키는 그의 언급에 대해 이상할 것 없다, 그것은 글을 읽어줄 사람에 대한 존경에서 나오는 것일 뿐이라고 대답한다. 실제로 고리키의 필사본을 보면 커다란 백지에 참 작고 고른 필체로(그것을 결코 아름다운 필체라고는 할 수 없다) 글을 쓰고 있음을 확인할 수 있다. 그리고 인쇄된 종이에 역시 매우 작고 정확하고 고르게 수없이 교정하는 모습도 볼 수 있다.

고리키는 정규 교육이라곤 전혀 받지 못한 상태에서 독학으로 글을 깨치고 작가가 되었다. 니즈니노브고로드의 떠돌이 고아가 당대 최고의 작가이자 문화인으로 성장하고 러시아 혁명이라는 세계사적 소용돌이의 중심에 서게 된 것이다. 이런 대대적인 성공과 출세를 생각하면 '쓰라린, 고통스러운'을 뜻

33 Анненков Юрий, Дневник моих встреч, М., Вагриус, 2005, p. 10.

하는 '고리키'라는 필명은 오히려 달콤한 아이러니로 들리기조차 한다. 당당한 인간의 가수, 프롤레타리아 문학의 기수, 사회주의 리얼리즘의 선구자라는 20세기의 신화적 명성은 과연 고리키의 삶과 문학을 온전하게 담아내는 것일까. 그리고 거기에서 연원하는 인간주의는 과연 오늘날에도 필요한 의미를 가지는 것일까.

고리키는 참담한 현실을 딛고 인간에 대한 낙천적인 긍지와 희망을 노래했다. 그 자신의 개인적 삶을 보더라도 그는 낙천적이고 용기 있는 삶의 태도로 역경을 극복해나가고 있음을 확인할 수 있다. 고리키의 이런 개인적 삶의 태도가 초기 작품의 '당당한 인간주의'와 이후 혁명적 인간과 집단주의 인간 속에 잘 반영되고 있다는 것은 분명하다. 그와 같은 인간주의와 그 문학 형상들이 고리키 문학을 힘과 용기, 의지와 희망의 문학으로 만들었다는 것도 분명한 사실이다. 20세기 내내 그의 초기 단편들과 『어머니』가 전 세계 독자들의 가슴을 울릴 수 있었던 것은 이를 증명하고 남음이 있을 것이다.

그러나 다른 한편, 하지만 인류 역사에서 자주 볼 수 있듯이, 그와 같은 낙관주의적 인간주의와 혁명적 인간주의는 자칫 배타적이고 권력적인 인간주의 담론으로 변모해갈 위험에 직면하곤 한다. 하나의 신념이나 이념이 자신의 정당성을 주장하면서, 그에 반하는 신념이나 이념에 대해 적대적인 자세를 취하고, 억압과 배제의 정책을 취하는 경우를 우리는 수도 없이 보아오지 않았던가. 하지만 고리키의 인간주의는 자신의 신념 이면에 있는 진실에 결코 눈을 감지 않는다. 초기 작품에서부터 존재하는 진리와 거짓에 대한 부단한 질문은(「거짓말하는 검은방울새와 진실의 애호자 딱따구리」, 『밑바닥에서』 등) 고리키 인간주의가 권력적이고 이데올로기적으로 발전하는 것을 항상 스스로 견제하고 있었음을 말해준다.

어쩌면 이 역시 고리키라는 작가 개인의 성품과도 무관하지 않을 것이다. 그는 자신의 신념과 삶의 태도를 단 한 번도 포기하거나 일탈한 적이 없는 몹시 강한 의지의 소유자였지만, 그렇지 않은 사람들, 혹은 '적'이라고 생각할 수 있었던 사람들에 대해 그것을 과장하거나 그들에 대한 인간적 믿음을 완전히 포기한 경우가 거의 없었다. 그의 문학에 대해 '고리키는 죽었다'며 비난하던 20세기 초 상징주의자들에 대해 끝까지 연대의 손을 내밀었고, 자신의 후원하에 성장했지만 1910년대 종교적 민족주의의 대두와 더불어 그를 '배신한' 안드레예프나 부닌 등에 대해서도 끝까지 적대적 표현을 함부로 내뱉지 않았다. 또한, 1917년 혁명 이후 볼셰비키 정권으로부터 탄압받던 수많은 '반혁명분자'들을 구원하기 위해 할 수 있는 모든 노력을 아끼지 않은 점도 그의 인간적 성품을 잘 보여주는 사실이 아닐 수 없다.

당당한 인간에 대한 신념을 지니고 현실을 개조하는 혁명활동에 적극적으로 참여하면서도, 고리키는 세상과 인간이 그리 쉽게 변할 수 없다는 사실, 그가 상정한 당당한 인간이 현실 속에서는 매우 다채롭고 다면적이며, 심지어 모순적으로 존재할 수 있다는 사실을 결코 외면할 수 없었다. 예술작품에서 고리키의 인간주의는 일면으로는 당당한 인간과 혁명적 인간, 프롤레타리아적 인간에 대한 지향으로 발전해가지만, 다른 한편, 더욱 복잡하고 고뇌에 찬 인간에 대한 탐색으로 심화되어 갔던 것이다.

요즘 가장 적극적이며 독창적인 문학평론가로 꼽을만한 드미트리 브이코프의 『고리키는 있었는가?』(2009)라는 평론서는 고리키의 마지막 장편소설의 한 장면에서 책 제목을 따오고 있다. 『클림 삼긴의 생애』 제1부 제1장 끝 무렵에 주인공 클림의 어린 시절의 맞수 보리스가 복닥복닥한 스케이트장을 벗어나 용감하게 강 위를 지쳐나가다가 얼음 구덩이에 빠져 죽는 장면이 나온다. 보리스는 클림에 비해 건강하고 활달한 소년으로 회의적이고 병약한 주인공 클림과 대조적으로 중요한 역할을 맡을만한 인물인데, 고리키는 이상하게도 4부에 걸친 긴 장편소설에서 이 소년을 출현시키자마자 죽이고 만다. 보리스가 얼음 구덩이에 빠져 출렁이는 검은 강물 속에서 허우적댈 때 뒤따라간 간 클림은 보리스를 구하려고 허리띠를 풀어 강물에 던진다. 그러나 보리스가 허리띠를 잡고 잡아당기자 얼음 바닥에 엎드려 있던 클림의 몸이 구덩이 속으로 미끄러져 갔고 클림은 악 소리를 지르며 허리띠를 놓고 만다. 이

읔고 보리스의 모습은 얼음 밑으로 사라져버리고 모자만 떠다니고 있다. 뒤이어 달려온 사람들이 아무것도 보이지 않는 얼음 구덩이 강물을 바라보며 묻는다.

"소년이 있기는 있었어? 아니, 소년이라곤 없었던 것 아냐?"

"있었어!"라고 대답하려고 했지만, 클림은 의식을 잃고 만다. 분명히 있었던 것에 대한 질문에 대답하지 못하는 것이다. 존재의 알리바이를 묻는 이 질문은 이후 클림의 생각 속에 반복적으로 떠오르며 소설의 중요한 주제를 담아내는 모티프가 된다.

브이코프는 '민중 출신의 고리키'라는 초기의 신화에서부터 '혁명의 바다제비'라는 별칭을 얻게 했던 중기 이후의 신화, 나아가 사회주의 리얼리즘의 창시자라는 신화에 이르기까지 고리키에게 부여된 다양한 이데올로기적 낙인찍기, 그리고 이에 반발하는 1990년 이후의 평가 절하 모두 고리키라는 존재와 그의 문학이 러시아 문학사에서 차지하는 진정한 의미를 왜곡하고 있다고 비판한다. 브이코프는 고리키 문학이 "주체의 힘과 문화를 결합하고 인간성과 결단력 있는 행동을 결합하고, 자유로운 의지와 고난을 함께 감수해내는 새로운 인간 유형(그런 인간 유형이 없이는 인류가 존재할 수 없는)을 추구하고 있"으며, 고리키는 "신뢰할만한 이런 인간 유형을 우리에게 선사하지는 못"하지만, "그를 위해 되지 말아야 할, 있어서는 안 될 유형에 대해서는 충분하게 이야기해주고 있다."라고 말한다. 브이코프는 오늘날 러시아 역사의 격변기에 고리키의 삶과 문학의 진정한 모습을 다시 읽어야 하며, 따라서 "고리키는 있었다."[34]는 확신으로 끝맺는다.

브이코프가 말하는 '주체의 힘과 문화를 결합하고 인간성과 결단력 있는 행동을 결합하고, 자유로운 의지와 고난을 함께 감수해내는 인간형'은 바로 당당한 인간형이다. 브이코프는 그런 인간형이야말로 인류의 생존과 발전을 가능케 하는 바람직한 인간형이라고 말한다. 그런데 브이코프가 보기에 고리키는 그런 인간형을 추구했지만, 우리에게 그것을 선물하진 못했다. 즉 단코나 사친이나 파벨 등도 온전히 그런 인간형에 부응하는 것은 아니라는 뜻이겠다. 혁명 과정의 수많은 혼란과 모색을 통해 고리키는 '있어야 할 인간'이 단순하고 낙천적으로 찾아질 수 없다는 것을 아프지만 인정할 수밖에 없었다. 그리하여 그는 '있어야 할 인간'을 추구하기 위해서라도 '있어서는 안 될 인간'에 대해 더욱 깊고 면밀하게 탐구해나갔던 것이다. 브이코프의 이런 견해 역시 고리키의 문학이 주시하는 인간이 복잡다단하고 모순적인 인간이라는 것을 암시하고 있다.

고리키의 당당한 인간과 혁명적 인간, 그리고 모순적이며 고뇌하는 인간은 러시아 혁명 이후에 쓴 『1922-1924 단편집』

---

34 Быков Д., Был ли Горький?, М., ASTREL, 2008, p. 347.

과 『클림 삼긴의 생애』에서 종합적으로 수렴된다. 브이코프의 말대로 이 작품들에도 '있어서는 안 될 인간형'이 수없이 등장한다. 카라모라나 클림 삼긴과 같은 이중적이고 회색적인 인물이 인류의 생존을 위해 필요한 인간형이라고는 결코 말할 수 없을 것이다. 그러나 그런 모든 부정적 인간의 면모들을 통해 고리키는 '있어야 할 인간'이 어떤 모습이어야 하는지를, 현실적으로 얼마나 깊은 고뇌를 통해야만 '있어야 할 인간'으로 성장할 수 있는지를 말하고자 한다. 다시 말해 그가 꿈꾼 당당한 인간주의는 그 모든 부정적 측면을 제거한 뒤에야 찾아질 수 있다는 것이다. 특히 '모든 것을 총결산하고', '후세대에게 헌정하는' 마지막 대작 『클림 삼긴의 생애』에서 수많은 부정적 인물을 통해 작가는, 그 어떤 종교나 이데올로기도, 심지어 작가 자신이 주장했던 당당한 인간주의조차도 오로지 독자의 의식 속에서 거듭 되새겨져야 한다고 말한다.

고리키가 기대한 독자는 바로 현대의, 21세기의 깨어있는 독자다. '있어야 할 인간'이 되기 위한 새로운 인간주의, 그것이 고리키가 후세대에게 헌정한 고결한 과제인 셈이다. 독학자 고리키가 그렇게 깨알같이 고르고 정확하게 한 글자 한 글자 써갔던 매 순간의 정성은 바로 인간에 대한 존중에서, '새로운 인간'에 대한 간절한 고대에서 나온 것 아니겠는가.